今日のかたすみ
川上佐都
Sato Kawakami
ポプラ社

今日のかたすみ

装画　森　優
装丁　岡本歌織（next door design）

愛が一位

百《もも》ちゃんから電話がかかってきたのは、薄汚れた二畳半のキッチンでビールを飲んでいるときだった。

僕はわざわざ折り畳み式のテーブルと椅子を一脚ずつ出し、わざわざ冷凍庫で冷やしたグラスでビールを飲んでいた。木製のテーブルは一人用で、仕切りのあるラーメン屋の一人分より一回り小さく、それとセット売りされていた椅子には背もたれがついている。僕は背もたれに体重を乗せて、椅子の上であぐらをかいた。椅子からは太ももふくらはぎもはみ出たけれど、コーポ一階のキッチンは底冷えがひどいから、スリッパを持っていない僕は足を床に置くことができなかった。だんだん同じ体勢でいるのがきつくなってきたので、フェイスタオルを床に敷いてその上に足を置く。敷いたところで身体は温まらなかったけれど、それでも部屋を眺めるためにキッチンで飲みたかった。

2Kのこの家では、キッチンから二つの部屋を同時に眺めることができた。短い廊下を隔てたところにある二つの部屋は、双子のベビーカーのように同じ高さ、同じ幅、同じ濃さの木枠に囲まれたドアが並んでいる。一つはフローリング、一つは畳の部屋だ。畳の方にはロフトもついているが、入口側についているのでキッチンからは見えない。

灯りを点けた状態だと、家具が何もない和室でも人の気配を切れ切れに思い出すことができた。それは無音の短い映像で、いつの日の記憶かも分からないし、思い出すのは彼らの姿だけで会話は想起されない。だけど家には住んでいた人の呼吸が染みついているのか、この部屋にいた彼らを思い出すのは簡単だった。どれも幸せそうだった。

部屋を眺めながらビールを飲むのは初めてだった。おそらく今後もしないだろう。だけど今日に関しては自然なことに思えた。すでにアクション映画を立てつづけに観たあとだったし、なにより今日は、四年間住んだこの家を出ると決意した日だった。

四年間は激動だった。二人暮らしからスタートし、二年後には三人に増え、一年後にまた二人に戻り、そのまた一年後に僕は一人になった。一人暮らしはまだ一カ月しかしていない。この家にはかなり愛着があるけれど、住みつづける理由はそれしかなかった。僕はすでに部屋を一つ持て余しているし、一人となると家賃も少し高いし、間違って友人宛の郵便が届くたびに連絡を入れなければいけないのは少々面倒だった。それになんだか、僕だけが変わっていないようで不安だった。

「もしもし。遙《はるか》くんですか？」

百ちゃんは少し笑ってから言った。それは周りに誰か知り合いがいるからではなく、急に電話をした自分に照れているからのようだった。

「そうだよ」

僕は百ちゃんの声が好きだった。百ちゃんは語尾にいつも「っ」が付きそうな楽しそうな声をしている。僕は缶に残ったビールをすべてグラスに注ぐ。

「いま平気ですか？　家にいるの？」

「平気。家だよ、百ちゃんは？」

「私は帰り道」百ちゃんはそう言ったけれど、車が走る音や歩く音は聞こえなかった。

「ちょっと提案があって電話したの」

「提案？　何だろう」

百ちゃんはうふふと笑ってから、えっとー、ただの提案だけどね？　メッセージ送るのも違うかなって……、などと言って話すのをじらした。何を話されるか知らない僕は、提案をしてくれる嬉しさと同じくらい緊張もした。でも僕が催促する前に百ちゃんは、「遙くんの空いた部屋に私が住むのってどうかな？って、思って」と早口で言った。

「え、部屋って、この家の？」

「うん、うふふ。ほら、遙くんずっと、引っ越しどうしよーって言ってたでしょ？　引っ越しってお金もかかるし、もしまだ家が見つかってないなら、私が住んじゃえば……なんだか良いタイミングかなって思って」

「本当？」

　友人が出ていった時点で、僕も百ちゃんの顔が浮かばなかったわけではなかった。でも百ちゃんは実家に住んでいたし、四つ下でまだ社会人一年目だし、僕たちは付き合って半年しか経っていなかったから、同棲の選択肢は消していた。僕は唾を飲み込むあいだだけ、この件はじっくり考えるべきだと思った。でも電話の向こうには、すぐに返答しなければ断られたのと同然だという空気があった。優しく断る言葉を、僕は瞬発的に浮かべることができない。

「いいの？　その、夢みたいなこと言ってくれているけど」

「ふふっ、遙くんがいいなら現実になるよ」

「えー、嬉しい。ぜひお願いします」

「よかった。実はね――」

　百ちゃんは前置きすると、また言いにくいことを言おうとしているのか誤魔化すように笑い、断ってくれてもいいんだけど……、ともごもご言った。きっと百ちゃんは電話の向こうでもころころと表情を変えているのだろう。それを想像すると僕は嬉しくなり、断らなくてよかったと思った。しばらく百ちゃんの声をただうっとりと聞く。

「遥くん、いいって言ってくれるかなって思って、近くまで来ちゃってるの」

「え?」

僕はテーブルの脚に自分の足を引っ掛けた。テーブルが傾きグラスが倒れる。すぐにグラスを立て直したが中身はすべて床にこぼれた。声を出したい気持ちを我慢して、敷いていたフェイスタオルで簡単に床を拭く。

「ちょ、今行くよ」

急いで玄関を出ると、風がセーターの網目を抜けて僕の身体を冷やした。百ちゃんは家の横にある駐車場の街灯の下に立っていた。電話を持っている手にはオフホワイトのミトン手袋をはめていて、もう片方には脱いだ手袋と淡いピンクのキャリーケースがあった。キャリーケースの上にはキャメルのレザーバッグが載っている。

「寒かったでしょう」

僕は電話をポケットにしまって駆け寄った。百ちゃんのキャリーケースは転がさなくてもいいくらいに小さかったけれど、それにしては重かった。百ちゃんは「大丈夫だよ」と電話を耳に当てながら言い、「ああ、もう電話いらないか」と笑った。

「びっくりして、ビールをこぼしちゃってるんだ」

僕もつられて笑って、手袋をしていない方の手を繋いだ。強く握れば壊れてしまいそうなくらい冷たく細かった。

　家に入るなり、百ちゃんは首にぐるぐるに巻いていた朱色のマフラーを外した。クリーニングから戻ってきたばかりにも見える紺色のダッフルコートに、マフラーの毛糸は一本も残らなかった。アルコールくさい玄関に立っても、顎のラインに揃えられた百ちゃんの黒髪には清潔感があり、ここで写真を撮っても写真館の窓側に飾れるくらい真っ直ぐな姿勢をしていた。玄関は座布団くらいの大きさしかないけれど、身体の小さな百ちゃんだから窮屈そうには見えなかった。耳が少し赤くなっている。

「ごめんね、すぐに綺麗にするから」

　僕が床を拭くあいだ、百ちゃんは鼻歌を歌いながらキャリーケースを開け始めた。曲名は分からないけれど、料理番組のＢＧＭになっていそうな曲だった。キャリーケースには靴箱やヘアアイロン、〈レモングラスの香り〉と書かれた柔軟剤などがテトリスのように重なって入っていた。靴箱からは仕事のときに履いている、短いヒールのついたシルバーグレーのパンプスが出てくる。僕が仕事場でも見たことがあるものだった。それを自分の玄関で見ることに、僕は若干興奮した。

　百ちゃんは僕が勤める学習塾に去年の春入社してきた。眉が真っ直ぐでおでこが綺麗な子、というのが第一印象だった。首が細く姿勢がいいことは二日目に気付いた。肯《うなず》くときのスピードがすごく速いことと、感情が豊かで、僕と話す短いあいだでも目を輝かせて喜んだり、口をあんぐり開けて驚いたりすることは五日目に知った。

担当教科は英語だ。英語講師には、クラスに入るなり「ハローエブリワン」と元気に生徒に挨拶できるタイプがいるけれど、百ちゃんは次第に「ハローエブリワン」が言えるようになったタイプだった。塾長の奥さんが英語を担当していて、その人の挨拶がとても素敵だからと真似をしたらしい。社会科担当の僕は百ちゃんと授業が被らないので、時おり挨拶を聞いていた。そのことを伝えると百ちゃんは恥ずかしがったけれど、それ以降僕に会うときには練習がてら「ハローエブリワン」と挨拶するようになった。僕が「ハロー、ミス・トウドウ」と返すと、百ちゃんは「ハロー、ミスター・イチヤナギ」と照れながらもう一度僕に挨拶をして、「一柳さんになら簡単に言えるんですが」と笑った。でもだんだん百ちゃんは生徒の前でも「ハロー」が言えるようになり、声の震えがなくなり、声を張れるようになり、夏期講習が始まる前には「ハローエブリワン」が言えるようになっていた。その頃、僕はすでに百ちゃんが好きだった。

「百ちゃん、荷物それだけ？」

飛び散ったビールを拭き終えた僕は、部屋を広くするためにテーブルを折り畳む。

「うん。残りの荷物と家具は、週末にパパが車で持ってきてくれる」百ちゃんは指定日配達を頼んだだけかのように単調に言った。

壁と冷蔵庫の隙間にテーブルをしまうため、僕は後ろを向いていた。「パパ」という単語を聞いて、持っていたテーブルと一緒に振り返ろうとし、テーブルを壁にがん、とぶつけてしまう。音にびっくりした百ちゃんは「うはあ」と笑った。

「その週末？　って、今週末？」

「そう日曜日。ごめんね、急に。嫌だった？」

「ううん、いや、ううんぜんぜん」

そうは言っても僕は自分の表情に自信が持てなくて、しばらくテーブルが引っかかるふりをした。百ちゃんのパパに会うのは初めてのことだった。もっと順を追って挨拶する予定だったし、というかご両親に挨拶とかいうのはもっと先の話だと思っていた。これからスーツをクリーニングに出して、週末に間に合うだろうか。そもそもいつも授業で着るような安いスーツでいいのだろうか。

「あ、そうそう」

振り返った僕に百ちゃんは笑顔を向けてから、とっておきのものを見せてくれるのかにこにこしてレザーバッグを開けた。僕の考えごとは、蹴とばされた風船のようにふわっと少しだけ遠くに飛ばされる。

「これ、買ってきたの。黄木蓮《きもくれん》って言うんだって。あのモクレンだよ」

百ちゃんは差し棒に使えそうな長さの枝を取り出した。枝の先には一つ蕾がついている。親指ほどの大きさの蕾《つぼみ》は殻付きピスタチオのようだった。百ちゃんはその枝を六、七本束で持っていた。蕾はすべて別の方向を向いていたので、かなりかさばって見えた。「あのモクレン」と言われても僕たちにモクレンの思い出は一つもないから、百ちゃんの中に何か想いがあるのかもしれない。

「このほわほわがとれたら、黄色い花が出てくるんだって」

「へえ、綺麗なんだろうね」

「蕾の触感がいいの、ほら」

百ちゃんは蕾を触ってほしいかのように僕の前に突き出した。蕾は重さがあるのか、枝が半回転してこうべを垂れた。たしかに蕾は羽毛のようなものにおおわれていた。僕は人に借りたCDを扱うときのように、慎重に「ほわほわ」を触った。触るとますます羽毛に思えて、小鳥を撫でているみたいだった。百ちゃんは撫でる僕の隣で、自分と同じように感動したかを確認するように目を輝かせていた。

「本当だ」僕はさほど感動しなかったがそう言った。また「パパ」がちらつき始めていた。

「でしょう」百ちゃんは笑って、自分の指でも蕾を触る。「こっちと微妙に感触が違うの。

すごいよね」

　僕は百ちゃんが指す方のモクレンを触った。違いは分からなかったが「本当だ」と繰り返す。一度目の「本当だ」とあまりにもトーンが同じで、感動していないことが伝わってしまうかと焦ったけれど、百ちゃんは僕を見ていなかった。

「なにかコップとかある？　花瓶はないよね」

　百ちゃんはキッチンの戸棚を開けた。戸棚は換気扇と同じ高さにあるから、百ちゃんは見上げるだけで簡単には取れないようだった。戸棚には僕が使っている食器に加え、友人たちが置いていった物がまだ詰まっていた。ここにしまっておけば置いていっても構わないと思っていたのだろう。現に僕は何も言わずに戸棚の中をそのままにしていた。缶ビールのおまけだったガラスのコップ、灰皿、卓上燻製器、好きな漫画が連載再開したときの週刊誌、ラーメンどんぶり三つ、全員をキッチンに呼び出すときに使ったパフパフ鳴るラッパ、ワオキツネザルの刺繍《ししゅう》キーホルダー、陶器でできた僕のコーヒー用マグカップ、コーヒー用の紙フィルター、ポテトチップスについてきたサッカー選手のカード、剃刀《かみそり》の替刃、メモしてある紙が数枚、奥には賞味期限の切れた筒の味海苔もあった。百ちゃんがこの棚を十分に見られない身長でよかった。僕は奥に追いやられていた結婚式の引出物でもらったグラスを取って渡した。

戸棚を手前だけでも綺麗に見えるよう入れ替えながら、僕はもう一度「パパ」のことを考える。きっとお茶くらいは飲んでいくだろうし、それならこんなせまいキッチンではなく和室か洋室に案内するべきだろう。その前にスリッパも買っておかないといけない。「パパ」の足のサイズは何センチだろうか。百ちゃんに聞きたいと思ったけれど、子どもはみんな親の足のサイズを知らない気がする。スリッパってサイズが大きすぎるのと小さすぎるのはどっちが礼儀に反しているのだろう。レザーと布はどっちがいいんだろう。

「すごい、このグラス、モクレンにぴったり！」

百ちゃんのはしゃぐ声により、僕の考えごとはまた宙に浮いていった。モクレンでこんなに喜べる百ちゃんを見ると僕も嬉しくなる。百ちゃんはキッチンのシンクにモクレンを入れたグラスを置いて写真を撮った。僕はその姿を写真に撮った。

「そんな展開になると思ったよ」

同棲が決まったとメッセージを送ると、すぐにモキチは電話をかけてきた。

「適当言うなよ」

「じゃあもう遙も王手ってわけか」

「なにが？」

「結婚」

「いやー、それとこれとは、話が別でしょ」

「果たしてモモちゃんは別だと思っているかな？」モキチは僕を怖がらせたいのか、しゃがれた声で言った。

「ももちゃんね」モキチはいつも果物の桃のイントネーションで百ちゃんを呼ぶ。今回に限っては、話を変えられるので助かった。「まあだから、近いうちにロフトの荷物、どうにかできればと思って」

「おっけ」

一緒に暮らしていた友人の一人がこのモキチだった。高校で出会い、バスケ部ではモキチが部長、僕が副部長だった。モキチはバスケ部の中で一番身長が低かったけれど、丘のような眉と大きな口に愛嬌《あいきょう》があり、制服姿はかわいいがバスケをするときはかっこいい、と後輩から人気があった。ふざけている男ではあったけれど、常に大声でふざけるわけではなく、礼儀やマナーを大切にし、一番適切だと思われる声量をいつも心得ていた。だから見た目からして統率力のある部長とは言えなかったものの（高校時代のモキチにはよく頭皮が見えるくらいの寝ぐせがあった）、部長がモキチであることは僕ら部員の誇りだった。

一緒に住み始めて二年になる頃、モキチは僕の仕事先の後輩を同居に誘った。部屋が足りないし、後輩も気を遣うだろうと僕は心配したけれど、後輩はあっという間にモキチに懐き、モキチがロフトを自室にすることで話はまとまった。「ハイジみたいな屋根裏部屋に憧れていたんだ」とモキチは言った。といってもこの家のロフトには窓がないし、コンクリート素材だし、ベッドと衣装ケースを置けば腕立ても満足にできないくらいせまい。二人で買ったホームプロジェクターだって、僕の部屋に移動させたくらいだ。それでもモキチは不満を漏らすこともなくロフトを使いつづけた。

一年が経ち後輩が出ていったあとも、モキチはロフトを自室とした。垂直に伸びたロフトのはしごは、一段一段がラップの芯くらい細く上り心地が悪いのに、モキチは六畳ある和室を使おうとはしなかった。「はしごが逆にクセになったんだよね」とは言っていたけれど、本当は後輩がいつ戻ってきてもいいようにしていたのだと僕は思っている。

だからモキチがこの家を出ていった直の理由は、もしかすると本当に僕と百ちゃんを考えてのことだったのかもしれない。でも表向きの理由は違った。

「住みたい街がある」、それがモキチの引っ越したい理由だった。

初めにモキチがそれを言ったのは、年が明けてすぐのことだった。モキチは僕の部屋で箱根《はこね》駅伝の復路を観ながら、二本目のビールを飲んでいた。一緒に飲み食いするのは決まって僕の部屋だった。僕の部屋には、二人までなら並んで勉強できるくらいのローテーブルがあったし、モキチの部屋はたとえロフトじゃないとしても、会社の資料や飲みかけの缶コーヒー、アレルギー性鼻炎の薬が散らばっていて、とても飲み食いできる環境ではなかった。

「ふうん。どこなの」

モキチはよく「行きたい海がある」とか「食べたい物がある」という前置きをした。大抵は危険な場所だったりゲテモノだったりするので、僕を巻き添えにするための前置きだった。だから僕は簡単に流されないように、カーペットをちろちろ触りながら聞いた。いつどっちが落としたか分からない干からびた米粒があった。

「渋谷《しぶや》のど真ん中」

「ええ、なんで?」

「な?　そうなるっしょ」モキチは得意そうに鼻の穴を丸くした。「将来また誰かと一緒に住むことになっても、大半の人は『ど真ん中は、ないっしょお』って言うと思うんだよね。だから一人のうちに住んでおくのがいいと思って」

「じゃあここ出てくんだ」

「ぼちぼちね」

「ど真ん中って、渋谷駅ってこと？」

「うん。たとえば朝起きて、通勤したくないなあ、朝早えなあ、さみいなあ、って日があるじゃんか」

「まあ、あるね」

「そういうときに渋谷にいる俺はさ、まだ昨日の延長を生きている人を見つけんのね。酔っぱらって道で寝てる人とか、腕組んで並んで話す人とか、たむろしてまだ飲んでる人とか、いっぱいいるっしょ。その中で、俺とか少数のサラリーマンがスーツを着て歩いてんの。なんかそれって、惑星ができたばっかかって感じしね？」

「どういうこと？」

「うーん。なんていうか、他の駅だとさ、たいてい朝はみんな同じように朝を始めるっしょ。だから家を出てから会社に着くまで、周りにいるのはほとんど俺らと同じ通勤通学の人じゃん」

「うん」

「だけどみんな、本来ばらばらのことを考えてんじゃん。なのに同じように過ごしてるってなんか怖えってか、誰かは無理してるっしょ。渋谷駅の朝に見える光景の方が、本来の人間に近いっていうかさ、分かりやすいんだよね。それを見てから仕事行けば、変なクレーム来ても、『人はばらばらだもんなあ』って思えるというか」

「もうそのメンタルに一度なったなら、渋谷駅の朝を見なくてもそう思えるだろ」

「じゃあお前は、毎日農家のみなさんのことを考えながら米を食ってるのか？」

モキチは僕の手を指さして言った。無意識のうちに僕はカーペットにあった米を手のひらに乗せて転がしていた。

「まあ、考えてないな」

「だろ？　それと一緒さ」

「むうん」一緒とは思えはしなかったが、反論することもできなかった。それから今年の音楽フェスで観たいアーティストに話が移ったから、まさかモキチが本気で引っ越しを考えているとは思わなかった。モキチはこの会話をしてからすぐに物件を見つけ、わずか三週間で家を出ていった。


モキチと電話で次に行くサウナの話をしていると、部屋から百ちゃんが顔を出してなにやらジェスチャーをし始めた。うさぎに見立てて手で耳を作ったり、自分のほっぺたを引っ張ったり、左腕を右手が歩くように指を動かしたりしている。僕はもしかして結婚についての話を聞かれていたかもしれないと思って、慌ててモキチにひとこと謝って電話を切った。

「あ！　ごめんね、電話切っちゃった？」

「切っちゃった、な、なんかあった？」

「ううん、うふふ、ちょっといたずらだった」

「ああ、なんだ」

僕は一安心する。もっとふやけた相槌《あいづち》を打ちたかったけど、モキチとの電話の直後だったからかずいぶん固くなってしまった。百ちゃんは急いで笑う。

「ふふ、ごめんね。あ、ねえねえこれ見て」

百ちゃんは動物園で目当ての動物を見つけたかのように、僕の腕を引っ張ってキッチンに案内した。キッチンシンクに置いてあった花瓶が、しまっていた折り畳みテーブルに移動していた。

「載せてみたの」

「おお」僕は百ちゃんの後ろ姿を見ながら、どんな寝巻を着るのだろうかと考える。たぶんなんでも似合うだろう。寝巻というのは、風呂の後に着るというシチュエーションでもう十分魅力的なのだ。

「花瓶を置くためのテーブルみたいになったでしょ？」

百ちゃんがテーブルを触ったので、僕はそこで初めてちゃんとテーブルの上を見た。花瓶の下には僕の家にある中で一番綺麗なタオルが敷いてあった。それは後輩が洗顔後のみに使っていた「顔拭き用タオル」だった。

「おお、タオルあると、倒れちゃうよ」僕は言って、花瓶を持ち上げタオルを抜く。

百ちゃんは拗《す》ねるように唇をとがらせて、「じゃあ寝室に置こうかな」と花瓶を奪って僕の部屋に入ろうとした。

「ああ、そっちは僕の部屋。百ちゃんはこっち」

僕は隣にある和室に誘導した。百ちゃんの肩は薄く、首筋からいい匂いがした。なるほどこれが〈レモングラスの香り〉なのかもしれない。肩を強く持ちすぎてしまったのか、百ちゃんは真っ直ぐな眉を八の字にして僕を見た。

「ごめんごめん」

ぱっと僕は肩から手を離す。百ちゃんは振り返ると一歩後ずさり、花瓶で顔を隠した。

「私……こっちで寝ないとだめかな？」

照れるように、花瓶の後ろから少し顔を見せる。

「え、ごめん、そうだよね。僕が和室にするよ。もちろん、家具が来るまでは僕の布団で寝て」

ロフトに散らかっている荷物についても謝り、すぐに取りに来させることも約束した。百ちゃんはまた花瓶に顔を隠して「ありがとう」と言った。
僕は自分が和室になったことをモキチと後輩に連絡した。後輩から「右奥の柱に誰かが残した引き分けの〇×ゲームが彫られています」と情報が来た。それを見つけて僕は写真を送った。つい最近まで一緒に住んでいたのに、僕たちは小学校の教室でも見ているかのように当時を懐かしんだ。

次の日から百ちゃんは、築三十二年のアパートをすごい速さでおしゃれにしていった。キッチンの壁には風車が描かれた水彩画が飾られ、香りの区別がつかないティーバッグが並び、洗面所に乱雑に重ねていたタオルは木の籠に収納された。どれも僕が不在のときに行われたから、僕は少しだけ驚き、少しだけ寂しくなった。潰れた街中華の代わりにオープンカフェが建ったかのようだった。戸棚が綺麗になったときはひとこと言おうと思ったけれど、それは百ちゃんと一緒に住んでいる実感でもあったから、嬉しいことのようにも思えた。それに、素晴らしいことの方がたくさんあった。たとえば僕の衣類が百ちゃんの匂いになったこととか、風呂上がりのゆるんだ百ちゃんの姿を見られることとか、会う約束をしなくても会えることとか。

僕は「パパ」の訪問に備えてスーツをクリーニングに出し、自室のカーペットを干し、換気扇の下での喫煙を我慢した。喫煙に関しては百ちゃんの指示だった。「パパ、煙草だけは本当にだめなんだ」と、百ちゃんは「本当に」を強調して言った。僕はできれば「本当に」だめなもの以外も教えといてほしいと思ったけれど、言われたところでクリアできる保証はなかったから、黙って喫煙に関してだけを守ることにした。今はダウンを着て外で吸っている。モキチたちと住んでいたときは『恋人を連れ込む際は一報入れる』しかルールがなかったから（しかし誰も恋人はできなかった）、制限があるのは実家以来で新鮮だった。こうやって譲り合って生活することが僕にもできるんだという感慨もあって、むしろ煙草はおいしく感じた。

「先生、なんか今日スーツきまってない？」「今さらモテようとしてんのかも」「あるね」「出会いの季節だ？」「私彼氏いるからごめんね」「せんせー、あと一個だけチョコ食べていい？」

指定したページを開くように言ってから、クラス全員がそのページを開くまでの数秒でも生徒は話しかけてくる。僕が勤務している学習塾の中で、一番私語が多いのが女子七人で構成されるこの中二Aクラスで、そのうるささにはNGを出す先生もいるくらいだった。春期講習になると授業時間が変則的になるので、担当クラスが替わることもしばしばあるのだけど、中二Aクラスの社会科は絶対僕だと最初に決まった。僕は彼女たちを中学一年生のときから担当しているから慣れているけれど、春休みだからかここ数日は私語が増えている。僕はホワイトボードに〈遣隋使《けんずいし》〉とだけ書いて前を向いた。

「スーツはいつも通りだし、チョコは食べないで」

「うそ！　だって新品でしょそれ」取り出しただけの箱菓子をしまいながら柿元《かきもと》が言う。

「柿元さん、十八ページを開いて」

僕は遣隋使の横に句点をつけた。〈遣隋使。〉バランスが悪くなったので人差し指で句点だけ消す。今度は〈使〉の払いの部分も消えてしまったので、一度全部消してもう一度書き直した。僕はしっかり動揺しているみたいだった。たしかに今日は新品に近いスーツを着ていた。一度着てからずっとクローゼットで寝かしていたスーツだ。

三週間前の土曜日、僕たちは結局キッチンに百ちゃんのパパを案内することになった。Lサイズの布スリッパを買って出したけど、百ちゃんのパパは内装を見るのに夢中で、真っ白なスニーカーをなかなか脱がなかった。

そう、百ちゃんのパパは日曜ではなく土曜に来たのだ。日曜の午前中にクリーニングを受け取る予定のスーツは間に合わず、しかしクローゼットにはよれよれの二着しか残っていなかったから、僕は急いで隣町の紳士服専門店に向かった。サイズ直しをしなくてもいいスーツは一点しかなくて、手持ちにあるどれよりも高かったけれどそれを購入した。

玄関で僕を見下ろすパパは高校の体育教師をしているらしく、上半身にはしっかり筋肉がついていた。きっと難しい筋肉の名称をすべて言えるに違いなかった。筋肉は温かいのか、二月の下旬だというのに長袖Tシャツ一枚だけで、汗臭さの代わりにバニラのような甘ったるい香りがした。僕を見るなりパパは、「休日にまでスーツ姿は見たくないよ」と、仲間を慰めるように笑って僕の肩を優しく叩いた。すごく大きな手だった。僕はすぐに和室に戻ってとっくりセーターを出した。スーツを丸めて窓から投げ捨てたかったが我慢した。

僕が着替え終わる前に、百ちゃんがパパを和室に案内した。パパはスリッパに気付かなかったのか、グレーの五本指ソックスがよく見えた。僕はまだとっくりに首を通しただけの状態で、「こっちには椅子がないのでキッチンでお待ちください」と間違ったおもてなしをした。

キッチンに急ぐと、百ちゃんが出した折り畳み椅子にパパは座って待っていた。正面から見ると椅子が見えなくて、空気椅子をしているみたいだった。僕はワイシャツの上からとっくりを着てしまっていて、一向に緊張をほぐすことができなかった。事前にリサーチしたパパの好物であるどら焼きを用意していなければ、訳も分からず泣いてしまったかもしれない。

パパは面接官のように僕に質問をした。特技、趣味、休日の過ごしかた、将来の展望、好きな野球チーム、生徒にどんな授業をしているか、思い出のご飯はなにか、釣りはするか、英語は話せるか、などなど。パパの中にははっきりした答えがあるのか、僕が回答してもほとんど「うん……なるほど」と重苦しい相槌を打つだけだった。野球なんて僕はメジャーに行った選手を数名言える程度だったから、そのときはパパも相槌も打たずに唇をキュッとすぼめて終わった。これが面接だったら僕は確実に落ちている。

パパが帰ったあと百ちゃんは、

「ごめんね。パパ、自分の知らない話題になるのが苦手なだけなの」とげっそりした僕を慰めた。僕はふざけたように笑いながら、「もうこれで訪問することはしばらくないね」と祈りに近い本音を言った。百ちゃんけもう一度謝ってから、「でも、パパに遙くんを会わせられてよかった」と僕に抱きついた。もうそれだけで僕は、熱い湯船に浸かったように疲れがとれていったんだからしょうがない。

生徒たちが問題を解いているあいだに、僕はほぼ新品のスーツを脱いでホワイトボードの角に引っ掛けた。一番後ろの席に座っている吉池《よしいけ》が、僕を見て笑いをこらえている。隣の生徒の腕をつつくと、その子も僕を見て笑った。スーツの話をした後だったから、僕がそれを気にしたように見えたのかもしれない。でも今の僕は若い子に笑われてもノー・ダメージだ。その証拠にこの後の夕飯メニューを今決めることだってできる。そうだな今日は百ちゃんの授業が遅い日だから、カップ焼きそばを食べながら映画を観よう。

予定通りコンビニで買い物をしてから玄関を開けると、百ちゃんは折り畳み椅子を出して座っていた。電気が点いておらず、部屋は窓から入る終わりかけの日差しでなんとか明るさを保っていた。百ちゃんの目が赤く充血している。

「え、だ?」

僕は急いで靴を脱いだ。「大丈夫?」と聞くほど泣いていることを確信できなかった。百ちゃんの涙を見るとしたら今回が初めてだったから、僕はかなり慌てた。一応買ってきた百ちゃんのカップ焼きそばは小さいサイズだけど大丈夫だろうか。

「……うんっ」

百ちゃんは鼻水を一度すすってから、いつも通りの明るい声で言った。やはり泣いているようだった。泣き声を出さない百ちゃんの強さを愛しく思った。

電気を点けると、これまで点けずにいたことに驚くくらいに部屋は明るくなった。僕は百ちゃんの背中に手を置き、ゆっくりとさすった。何か声をかけようと思っても適切な言葉が思い付かない。ガスコンロに置いてある、百ちゃんが実家から持ってきた白のホーロー鍋が目に入る。鍋を認識した途端、カレーの匂いが鼻に届いた。

あ、と思って僕はカップ焼きそばが入ったビニール袋を背中に隠した。僕の認識だと、授業がある百ちゃんはもう家を出ないといけない時間だ。それを分かっているのか、百ちゃんはスカートスーツを着ている。

もしかしたら百ちゃんは、同棲生活に疲れてしまったのではないのだろうか。一カ月ほど一緒に過ごしてきたけれど、百ちゃんはまだ完璧な生活をしていた。ほとんど毎日手の込んだ夜ご飯を作るし、休日でも早く起きるし、お風呂場には髪の毛一本落ちていない。僕が「無理はしないでね」と伝えても、百ちゃんは「好きでやってるんだ」と僕の制止を受け入れなかった。

僕は一生懸命な百ちゃんが好きだけど、料理ができなくても、寝坊しても、髪の毛が落ちていても好きなことには変わりなかった。電気を点けるのも忘れて泣いているなんて、無理して頑張っている証拠な気がする。一緒に生活するなら、そんなに気を張らないでほしい。

「百ちゃんさ、いまの生活我慢してない？」

僕は音が出ないようにコンビニの袋を床に置きながら言った。

「なんも、してないよ」顔を伏せた百ちゃんからこもった声が返ってくる。

「だって、今日だって、カレー作るの大変だったでしょ。仕事あるんだから、我慢しなくていいんだよ」

「……我慢？」

「うん。面倒なことは面倒って言っていいから。僕と半分ずつやろう」

僕がそう言うと、百ちゃんは飛んできた矢を避けるような速さで振り返った。

「遙くんってさ、面倒だけどご飯作るって思考にならないでしょ」

「え？」

「面倒だから今日はお惣菜にしよう、になるじゃない。私はね、それが嫌なの。ほら、今日もなんか買ってきてる」

僕はとぼけたように「いや」などと否定の言葉を言いながら、ビニール袋を足で端に避けた。蓋に書かれた『超Ｂｉｇ』が透けて見える。

「私の家には『お惣菜』っていう選択肢がなかったのね。だからご飯作るのが面倒でも、作るの。そういう風に育ってきたの。遙くんの行動を待ってたら、時間が無駄になるだけじゃなくてお惣菜になるでしょう。それなら私が作る方が、ストレスは少ないの。私はもう、我慢の有り無しじゃなくて、多いか少ないかで考えているの。遙くんも面倒でも必ず自炊するって約束してくれるっていうなら、私も時間がない中で自炊したりしないけど」

「えっ、あ……ごめん」僕はよく意味が分からないまま、とりあえず謝った。お惣菜がなんだって？

「別に謝ってほしいんじゃないよ。我慢してどうこうなる話じゃないよってことを、言いたかったの」

百ちゃんは言い終わると舞台女優のように勢いよく立ち上がって、「そろそろ行かなきゃ」とスカートの皺《しわ》を伸ばし、洋室に入っていった。僕は百ちゃんを追いかけたが、部屋のドアは音を立てて閉まった。

小さなキッチンに残された僕はどこかに身体を預けたくなって、先ほどまで百ちゃんが座っていた椅子に座った。テーブルがモッレン置き場になってから、椅子は折り畳んだまま使われない存在になっていた。久しぶりに座ると、この椅子に座ってビールを飲んでいたのが不思議に思えるくらい座り心地が悪かった。脚が完全に開いてないかと思ったけれど、それは僕の気のせいだった。

座るのをやめて、ガスコンロの前に立った。ホーロー鍋の蓋を開ける。カレーは海老やアサリが入ったシーフードカレーであるようだった。さっきの百ちゃんの話では、つまり僕がどんなに忙しくても自炊をすれば解決するってことだ。なんて現実的じゃない解決案なんだ。でもそれをしなければ、百ちゃんが作らなければならなくなる。なんでそんなにお惣菜が嫌なんだろう。百ちゃんの中に育てられたお惣菜へのイメージは、どんなものなのだろうか。

カレーをかき混ぜると、お玉に貝殻に当たって硬い音がした。僕は百ちゃんと付き合うまでシーフードカレーを家で食べたことがなかったから、まだなじみのない音と感触だった。お玉で二回かき混ぜたところで、百ちゃんは自分の部屋から出てきた。表情は先ほどからあまり変わっていない。まだ少し目が赤かった。お玉を置いて、洗面所に向かった百ちゃんの後に付いて行く。

「泣いていたのも、今の話に関係している?」鏡に映る百ちゃんに向かって言う。

「ううん」重そうなピアスをつけながら百ちゃんは言った。「モクレンがね、枯れちゃったの」

「ほぁ……」僕は息のような相槌を打った。嘘だったら下手だし、嘘じゃなかったら困る。

ゆっくり後ずさるようにキッチンに戻ってテーブルを見ると、羽毛が落ちたところから見えていたぷっくりとした黄色い花びらは、たしかに蕾のまま干からびていた。カビが生えてしまった果物のように、復元は不可能に見えた。

「まさか自分でも泣くなんて思わなかったから、恥ずかしくなっちゃって。黙っててごめんね」百ちゃんはまだ鏡の前にいたが、せまい家なので声を張らなくても聞こえる。

「いや、それはぜんぜん」

「ちゃんと枝をこまめに切ったり、水をかえたりしたのに。生きものって難しいね」

「そうだね」

僕はもう一度椅子に座る。さっきだって同じように座っていたのに、何一つモクレンの変化に気付かなかった。百ちゃんは急ぎ足でキッチンを通り、

「もう行くね。私、いろいろ言ったけど、遙くんとこれからも一緒に暮らしたいから言ったんだ。たくさん言ってごめんね？」

優しさを込めるように語尾だけ半音上げて言うと、僕の返事も聞かずに家を出た。バタンとドアが閉まり、すぐに外から鍵がかかる音がする。いつもは家に残る方が玄関まで見送って鍵をかけるのが暗黙のルールだったから、百ちゃんの行為はショックだった。

キッチンに残った枯れたモクレンとカレーの匂いが、百ちゃんの余韻を引き延ばす。このモクレンを処分するのはきっと僕ではないように思い、椅子だけをしまった。

僕は早く自分の部屋にこもってカップ焼きそばを食べたかったが、カレーに弱く火をかけた。換気扇の上に常備している煙草を一本取り出す。

おそらく僕と百ちゃんは、根っこから生活文化が違うのだ。それは同じ家族でなかったから当たり前なのかもしれないけれど、この件でいうと僕はお惣菜の何が悪いのか一つも理解できない。理解できないまま、僕はお惣菜を食べない生活をしていくのだろうか。百ちゃんは我慢の多い少ないで考えると言っていたけれど、自炊を面倒に思っても簡単な自炊をしなければいけない僕の我慢量は、百ちゃんが今感じているらしい「お惣菜が嫌だから我慢して自炊する」という我慢量を、優に超える気がする。それとも僕はここでも折れないといけないのだろうか。

僕はカレーの火を止めた。完全にカップ焼きそばの口だったので、もう一本煙草を吸ってから部屋に戻る。自分の部屋でも少しカレーの匂いがした。窓を開けて立ったまま景色を見る。景色と言っても、見えるのは誰も使っていない車二台分の駐車場スペースだけだ。僕はひび割れたコンクリート地面を見ながら、今日はこのあともカレーの気分にはなりそうにないなと思った。でも空になったカップ焼きそばの容器が見つかったら、今度こそ百ちゃんは僕との生活文化の違いが理由で泣いてしまうかもしれない。僕は窓を閉め、とりあえず明日の仕事の準備でもしようかと目をつむった。キッチンの換気扇の音が聞こえて、また部屋にカレーの匂いが充満していった。

モキチは春期講習の全日程が終わった次の日に、ロフトの荷物を取りに来た。手土産にビールとつまみを買ってきてくれた。僕は荷物運びを手伝うことにし、荷物を運んだ後にモキチの家で飲もうと提案した。百ちゃんは外出中だったけど、僕の家だと落ち着いて飲み食いできないことは明らかだった。百ちゃんはあの日の夜、帰ってくるなり泣いた事実を照れるように甘えてきて、僕らはセックスにより問題を一時うやむやにしていた。でも僕はそれ以降、炒めるだけの簡単な自炊にチャレンジしている。百ちゃんはモクレンを捨ててピンクの花を買ってきた。マーガレットだと言っていた。

スクランブル交差点を歩くのはいつだって苦手だ。僕はとっくに渡り切っているスカジャンを着たモキチを目印にしながら、なんとかたどり着いた。誰かに一発ビンタをくらったくらいに心が疲れている。

「春は渋谷に慣れてない人が増えるから歩きにくいけど、じきにスムーズになるよ」

ずんずん人混みを歩きながらモキチは言った。まだ住み始めて数カ月しか経っていないのに、すっかり渋谷の住人になっている。

モキチの家は本当に渋谷駅から十五分ほど歩いたところにあった。路地に入っていくたびに人の数は少なくなったけれど、その路地にたむろしているのはスケートボードをしたり音楽をスピーカーでかけたりする人たちばかりで、どこまで深く路地に入っても渋谷は渋谷だと思った。

案内された三〇三号室は、真っ暗な中でボードゲーム形式のテレビゲームが一時停止されていた。モキチがカーテンを開けると、床に散らばった弁当の空き箱と漫画の月刊誌、シンクに残ったナポリタンを食べたのであろう皿とフライパン、室内物干し竿にはハンガーにかかったままの洗濯物が見えた。散らかっている空間に僕は久しぶりに入ったけれど、なんだか落ち着く部屋だとぼんやり思った。

「さんきゅー、その辺置いといて」

モキチは月刊誌がある場所を顎でさした。僕はバスケットシューズと、よく一緒に観た映画のＤＶＤ群、パフパフ鳴るラッパやワオキツネザルの刺繡キーホルダーが入った紙袋をそこに置いた。

渋谷のど真ん中での生活は問題なく進んでいるらしい。「問題なく」とは悩みが一つもないのではなく、モキチの思惑通りに街の人が全員ばらばらに見えるということだ。僕はさっき路地裏で見た風景をうっすら思い出した。

最近モキチは、自分がいつの間にか人気《ひとけ》の少ない道を使って通勤していることに気付いたらしく、そういうことが自然に増えていくのが大人になった証拠だと言った。僕にはいまいち意味が分からなかった。

「混んでる道なんて、子どもでも嫌いでしょ」

「また遙は入口で引っかかって」モキチはやれやれとため息をついた。「じゃなくて、自分が何で腹が立って、何でイライラが収まるかを知り始めてきたってこと」

「ふうん?」

「んー、たとえば俺は、起きたらすでに昼!ってのが嫌いって分かったから、朝頑張って起きるとか、あとは出来立てを食べるのか好きだから、皿洗いは後回しにするとか?」

「なるほど」

僕は自分が料理嫌いだと分かっていながら、百ちゃんのためにそれをしているなと思う。だけどモキチにそれは言えなかった。百ちゃんを早速泣かせたなんて恥ずかしい。

「ビール、キンッキンにしようぜ」

モキチは氷水を入れたボウルに缶ビールを横にして入れ、手で回し始めた。僕はボウルが動かないよう両手で押さえる。これは一緒に暮らしていたときにもよくやった。缶ビールがくるくる回り、ラベルが見えたり見えなくなったりする。「冷って」とモキチが言うので役割を代わる。氷が缶の曲線に沿って溶けていった。モキチはボウルを押さえながら、読んでいる漫画や観ているアニメ、聴いている音楽の話をした。それは僕らがいつも話す事柄だったけれど、今僕は百ちゃんと過ごすことに時間を割いているから、モキチが挙げた作品で触れたものは一つもなかった。僕の手が冷たくなってきたので、また役割を交代する。

「モキチは同棲とかしないの」

「しないなあ」

「まあ、そうか」

「遙は早く俺にも同棲してほしいんだろ。お前はみんなに含まれることが好きだからな」

「すっごい悪口言うじゃない」

「どこが悪いんだよ。それに問題なく同棲するなんて、遙みたいに本音を飲み込めるやつじゃないと難しいよ」

「なんだそれ」

でもたしかに、僕はモキチが言う通りの性格をしていた。僕は中学生の頃から、いや、もしかすると小学生から、人に優しくすることをモットーにしていて、クラスで「優しいと言えば誰？」という質問をされたとき、三分の二が僕の名前を出したくらいだった（それはたしか、中学を卒業する際に作られた『クラスのなんでもランキング!!』で明らかになったものだ。その他に僕がランキングに入ったのは、「お兄さんみたい」とか「歌がうまそう」など漠然としたものだった）。人に優しくすることは両親の教えで、素直に従っていた僕はいつの間にか自分の本音を飲み込む性格になっていた。高校時代には「優しいだけじゃモテない」という悲しい傾向を耳にしたけれど、聞いたところで直すことなどできないくらい、僕は他人の言うこと・することをまず飲み込む癖がついていた。何も考えずに本音を言える友だちはモキチくらいだ。

モキチは「もういいね」と言ってボウルから缶ビールを出した。冷凍庫を開けて、冷えたグラスを一つ取り出すとそれを僕にゆずり、自分は戸棚にあったグラスにビールを注ぐ。

「いいよ、モキチが冷えたの使いなよ」

「まあまあ、お客様第一で」

ビールもグラスもキンキンに冷えていた。うまい、うまいな、とそれぞれ声を漏らして、手土産だったネギトロの細巻きと軟骨の唐揚げを開ける。惣菜と一緒に飲むのは久しぶりで、こんなことを我慢しているなんて偉いなあ、と我ながら思った。

「最近久々にゲームはまっちゃった」モキチは言いながら、テレビゲームをセーブする。

「これ？」

「これじゃない、冒険するやつ」

「へえ、僕も買おっかな」

「でも、モモちゃんはゲームしないんだろ」

「しないけど、もしかしたらはまるかもしれないし」

「そうかい」モキチは一緒に住んでいるときによくやったレーシングゲームをつけて、僕にコントローラーを一つ渡した。

懐かしいゲーム画面を観ながら、僕は今、恋人と同棲しているのかあとしみじみ思った。たしかにいろんな制限はあるけれど、着々と年齢を重ねている感じで安心もした。久しぶりのゲームは、こてんぱんにされても楽しくて仕方がなかった。


灰色の雲が街をおおい、空気が蒸すようになった頃、僕は雨宿りも兼ねて雑貨店にいた。百ちゃんの誕生日が間近に迫っているからだ。これにはかなり緊張している。僕は恋人の誕生日を祝うのが不得意だった。

中学三年生のとき初めてできた恋人は「遥が選んだやつがいい」と言ったから、犬のペンダントをあげたら趣味じゃないと言われたし、高校二年生でできた恋人には欲しいものをちゃんと聞いてその通りの物を買ってきたのに、「本当にうちのこと好きなの？」と疑われた。大学生でできた恋人には遊園地のチケットをプレゼントした。その子は二回誕生日を祝う機会が訪れたのだけど、二回目も同じく遊園地のチケットをプレゼントすると、「代わり映えがなくてつまらない」とばっさり言われた。

おそらく正解はないのだ、と今になって思う。というか、恋人がなんの価値を上位に置いているのかを誕生日までに見極めるのが大事なのだ。センスなのか、想いなのか、面白味なのか。僕は毎回、前の恋人にした間違いを犯さないようにと選択肢を絞っていたけれど、案外大学時代の恋人に犬のペンダントをあげたら喜んだかもしれないし、高校時代の恋人に遊園地のチケットをあげたら、二年連続でも喜んだかもしれない。

しかし僕はまだ百ちゃんが上位に置いている価値観を見極め切れていなかった。だからとっても緊張している。結局何も買わずに雑貨店を出た。空には濡れた新聞紙のような雲が広がっていたけれど、雨はもう止んでいた。帰りの道中にアジサイが咲いていて、花をプレゼントするのもいいかもしれないと思った。

しかし家に帰ると、折り畳みテーブルの上には一本の緑のアジサイが花瓶に生けてあった。本数で見比べるとどうもアジサイらしい圧力がなく、二十五メートルプールとビニールプールくらい魅力が別物だった。花は自分で買う方が百ちゃんは好きなのかもしれない。

「えー、嬉しい。ちょっと考える」

とりあえず欲しい物を訊いてみると百ちゃんは言った。僕の作ったベーコンと冷凍アスパラの炒め物を食べている。仕事終わりに僕が作る料理はたいていこれだった。この料理を食べるのが三回目だった百ちゃんは何か言いたげに僕を見たけれど、丁寧にいただきますのジェスチャーをして食べ始めた。

仕事で遅くなった百ちゃんが一人で食事するとき、僕は先に食事を済ませていても百ちゃんの部屋で過ごすのがお決まりになっていた。僕は同棲もしばらくすれば自分の時間がとれると思っていたけれど、なかなかそうはいかなかった。百ちゃんが相手だと、存在を気にしなければいけない時間が多すぎるのだ。別に百ちゃんに禁止されたわけではないんだけど、百ちゃんが仕事から帰ってきても構わず映画を観ていたら悲しませてしまったし（もちろん僕が悪いのだ。でも映画の残りが二十分だったのと、モキチのときだってそうしていたから大丈夫だと思った）、一緒にご飯を食べた後は百ちゃんが僕に抱きついてくるから、そんな中「そろそろ漫画読んでいい？」なんて言えない。

だから僕は最近、百ちゃんに抱きつかれながら「あと五分したらこの腕をどけて、風呂に入りながらアニメを観よう」とか、「寝るまでまだ三時間あるから、もしかすると一本映画を観ることができるかもしれない」などと考えてしまう。百ちゃんを好きなこととは関係なく、考えてしまう。でも考えるだけで実行はされない。百ちゃんに抱きつかれながらだらだらと話して、いつの間にかその日は終わってしまうのだ。

「遙くんが選んでくれるなら何でもいいかな」

「なるほどね」

僕は初めて付き合った恋人の長い髪がすごく綺麗だったことを思い出した。思いながら座り直すと、いつの間にか寄り掛かっていた本棚から写真立てが落ちた。僕は平静を装って写真立てを元の位置に戻す。百ちゃんの部屋は家具でいっぱいだった。初めにパパが持ってきたのは、イエローのチェック柄をした布団一式、天板が雲の形をしたアイボリーのローテーブル、カントリー調でドアを開けると全身鏡になっているドアミラーだった。それから一カ月に一度、給料が出るごとに百ちゃんは家具を揃えていった。今僕の後ろにある木製の本棚も、座っているレース編みのラグも、次第に増えていった物たちの一つだ。

「楽しみだなあ。あんまり高くなくていいからね」

「うん。ジャンルを指定してくれたら嬉しいけど、たとえばバッグならバッグとか」

「うーん、思いつかない」

「まあ、いきなり言われてもそうだよね」

僕は百ちゃんが欲しがりそうな物を「あ」から五十音順に考えることにした。雨傘……囲碁……ウォーターサーバー……。

フォークがお皿に置かれる音がする。「それよりさ、私たちそろそろ引っ越さない？」

「え？」

「二人なら面倒くささも半分になるでしょう？　ここ、オートロックもないし、キッチンもせまいし、駅からすごく近いわけでもないからさ。ね、ちょっと見て。私、いくつか資料もらってきちゃった」

百ちゃんは仕事用のレザーバッグからクリアファイルを取り出した。中には物件チラシが何枚か入っていた。それを百ちゃんはレースのラグに一枚ずつ並べる。

「私はキッチンが広いところがいいんだよね。料理ってさ、広い方がテンション上がらない？　できればカウンターキッチンがいいな。ほら、そしたら遙くんも私がご飯作っているあいだ、カウンターでお酒飲めるでしょう。あとはね宅配ボックスがついてるのと、お風呂とトイレは別でぇ、あ、ねえここはね、屋上があるんだって！　すごくない？　全部今の家賃より、多くても二万オーバーくらい」

「引っ越しかあ」

僕はどきどきしながらチラシを見ていたから、百ちゃんの言葉はほとんど入ってこなかった。もちろん僕だって百ちゃんが来る前は引っ越すつもりだったのだから、断固引っ越し反対ではないのに、どうしてかどきどきしていた。百ちゃんが持ってきた物件は決して現実離れしているわけじゃなく、仕事場からも近いし、家賃も今とそれほど変わらなかった。

でもやっぱり、間取りはすべて1LDKだった。それが分かってから、どきどきは加速した。おそらく僕は、自分の部屋を死守したいのだ。

部屋が欲しい理由、というより、もし部屋がなくなってしまえば、僕からは様々なものが消えてしまうような気がした。なけなしの一人の時間、僕が落ち着ける物やポスターたち、イヤホンで音楽を聴いていても悲しい目で見られない空間……。だけど百ちゃんの希望込みで二部屋以上のところに住む資金はまだなかった。それなら引っ越さないしか手はない。

「たしかに引っ越しもいいかもね、その、どこにするかは追々考えるにしても」

「えー、今年のうちにしようよ。ずるずるこの家に住むことになっちゃうよ」

「僕はこの家もそれなりに気に入っているよ」

「どの辺が？」

「た、たしかにキッチンはせまいけど、風通しがいいし、部屋はちゃんと一人一部屋確保できる広さがあるし——」

「私は一人一部屋いらないんだけど」百ちゃんは僕の話を遮って言った。

僕は唾を飲み込んだ。それは言われなくても、持ってきた間取りが物語っている。

「僕は、欲しいよ」

「どうして？」

「ひ……一人の時間も欲しいから」

「一人の時間って、映画観たりするやつ？」

「まあ、そうだよ」

「私が部屋にいてもできるんじゃない？」

僕は本音を言うために、精一杯笑った。「できないよ」

「でも、遙くんけっこうしてるよ」百ちゃんはぱっと笑顔を消す。

「いや、ぜんぜんしてないよ」

「え、なに。じゃあはい。早く部屋に戻って映画でも観たら？」立ち上がらせようと、百ちゃんは僕の腰に手を置いた。

「そうじゃないよ、天秤にはかけらんないんだよ。僕、百ちゃんのこと大好きだよ」

慌てて百ちゃんの手をさすると、百ちゃんはすん、と洟をすすった。それから、恥ずかしいものをしまうように急いで物件チラシをまとめた。

「じゃあ一緒にいる時間が長い方がいいと思わない？　私、ほんとは最初だってさ、このフローリングの部屋がよかったんじゃなくて、遙くんと同じ部屋で寝たいって思って和室で寝なきゃだめか訊いたんだよ。もう覚えてないと思うけど」

「それは……ごめん気付かなかった」

「遙くんってさ、私といるときけっこう時計見るよね。その時点で、私より映画とかのがいいんじゃないの？」

「違うよ。時間がいっぱいある日は、百ちゃんともいて、映画も観られたら最高だなって思うだけで……。どっちか選べなんて、もし言われたら、もちろん百ちゃんだよ。そうに決まってる。でも映画とかっていうのは、なんて言うか、娯楽なんだ。百ちゃんと出会う前から僕は映画とか漫画で、現実社会の疲れを癒してもらってたんだ。なんか固い言い方になっちゃったけど、百ちゃんにもそういうのない？　ええとほら、買い物とかさ」

「買い物はするにしても一カ月に一回だけだよ。それと一緒ってこと？」

「……解放感的には」

「分かった。じゃあ私も一緒に映画観る。遥くんが選んだやつでいいから」

「一緒に？　もちろん大歓迎だけど、百ちゃんが面白いって思うか分かんないよ」

「いいよ。遥くんが面白いって思うのを知りたいだけだから」

「僕だって面白いって思わないかもしれないよ？」

「じゃあなんで観るの？」

「いやいや、ごめん、そうだね。次観たくなったら誘うよ」

百ちゃんは何も納得していない顔で、列に割り込んできた人を見るように僕を見た。

「ありがとう」僕は百ちゃんが笑顔になればいいと願ってお礼を言う。だけど百ちゃんは表情を変えずに「うん」と答えた。それから空になった皿をすぐに洗いにいった。


その日以降、僕は映画を観るたびに百ちゃんを誘うことになった。百ちゃんが抱きついてきたときだって、五分経ってから映画を観ようと提案した。百ちゃんは宿題を出された生徒が言うようにかったるく「はあい」と言った。僕は「観たくないなら観なくていいよ」と言うのを毎回我慢した。もちろんその言葉は、怒りどころかむしろ願望を込めた結果優しい言い回しになるのだろうけど、それでも百ちゃんからすれば突き放されたと感じるだろうことは分かっていた。

初めは隣にいる百ちゃんが面白く観ているのか気になったし、百ちゃんも面白いと思えるような万人受けの映画を選んだ。だけど百ちゃんは映画の途中でスマートフォンを気にするようになり、申し訳なさそうに返信していたのがそうでなくなり、最近は意味もなく触るようになった。次第に僕も百ちゃんのことは気にせずに自分が観たい作品を観るようになった。だけど隣に興味を持っていない人がいると、どれだけいい作品でも不完全燃焼になってしまった。だから本当に観たいものは、百ちゃんがいると観られなくなった。

百ちゃんの誕生日にはラテが作れるコーヒーメーカーをあげた。百ちゃんはブラックコーヒーが飲めないから、僕が自分の分だけコーヒーを淹れるのに若干の後ろめたさがあった。それに映画を観る前にラテを作るのが習慣になって、紐づいて映画の時間も楽しくなればいいという願望もあった。引っ越しをすぐ決められなかったお詫びの気持ちも込めて、ふわふわのフォームミルクが作れる値の張るものを選んだ。

コーヒーメーカーは一週間だけ百ちゃんの部屋に置かれた。でも「自分の部屋じゃ作れないから、キッチンに置こうかな」と場所が花瓶の横に移されると、その後は水玉の布がかけられて使われるところは見たことがなかった。

せっかく買ったのにと文句を言うのも違うと思って、僕は自分で作動させてみることにした。もう誕生日からは三週間が経っていた。コーヒー豆が自動で挽《ひ》かれる音なのか、見た目のスタイリッシュさに反して大きい音がする。音に反応して百ちゃんが部屋から出てきた。

「私も飲みたいな」

「もしかして初めて？」僕は笑いながら百ちゃんを軽く責めてみる。

「だって、なんか難しそうなんだもん」

「ここにほら、はめるところがあるから。そこに飲みたい味をはめて、このボタン押すだけだよ」

僕は百ちゃんに目線を合わせて、指をさしながら説明した。でも百ちゃんは覚えようと努める間すら作らず、

「うん、分かった。でも遙くんと飲む方がおいしいから、遙くんが飲むとき誘って」と僕に笑いかけた。

僕はもともと、コーヒーは紙フィルターを使って淹れるのが好きだから、コーヒーメーカーを使いたくなるときなどない。それに、もし僕がこれを使いつづければ、きっと百ちゃんは「コーヒーメーカー担当は遙くん」と認識するだろう。他にも家の中では、コンロ回りを掃除するのは僕の役割だし（僕が換気扇の下で煙草を吸うから仕方ない）、風呂

の壁掃除も僕しかしない（百ちゃんは手が届かないから仕方ない）。だからつまりこのまだと、コーヒーメーカーを使うのは僕（百ちゃんはやり方が分からないから仕方ない）になるということだ。

「すごくおいしいね」

百ちゃんは満点の笑顔で言った。僕は百ちゃんが差し出してきた手をなでながら、もっと安い型を選べばよかったと思う。

「あのさ……んふふ、えっと……、ちょっと私の部屋、来れる？」

百ちゃんは僕の手を持ち上げて言った。部屋に向かうと、雲のローテーブルに物件チラシが二枚並んでいた。

「その、やっぱりね、オートロックをつけるとなると、あんまり広い部屋がなくて……これとこれだったら、どっちがいい？　こっちだとね、ここで区切れば二部屋にできるみたい」

間取りはどちらも1LDKだった。しかし百ちゃんが指した方は一部屋が八畳あり、真ん中を引き戸で区切れば二部屋作れるということだった。もう一つの間取りはカウンターキッチンがついているから、百ちゃんの第一希望はこっちなのだと思う。それでも百ちゃんは、僕の希望を汲める物件を探しつづけてくれたのだ。

「百ちゃんありがとう。ごめんね、僕、ぜんぜん物件探してなかった」

「うん、そうだと思った」

「本当にごめん。見つけてくれてありがとう。ここ、見に行ってみる?」

「うん」

そう言ってから百ちゃんは僕が指したチラシとは別の、カウンターキッチンがある物件チラシを、宝の地図を眺めるように高くかかげた。百ちゃんがその部屋に未練があるのは確実だった。

「こっちの物件は、遙くんの中ではまったくなしの感じ?」

「まあその、どっちかを選んでって言ったら、だよ? もちろん、両方見に行ってもいいし」僕は百ちゃんが傷つかないように気をつけながら、ゆっくりと答える。

「そうだよね」

百ちゃんは言い終えても口を半分開いて、そのまま口呼吸をした。それは百ちゃんにしては珍しい表情だったから、僕は心配になって声をかけた。百ちゃんは何も答えず、代わりに涙を流した。

「ど、どうした?」慌てて百ちゃんの背中をさする。

「ううん、ごめんね。泣くつもりなかったんだけど」

「やっぱりカウンターキッチンがある方がいいよね？　二人がいいと思うところを、もう少し探そう、僕も探すね」

頰を真っ赤にした百ちゃんは、首を横に振る。

「ううん、カウンターキッチンはもうどっちでもいい。それより、分かってたことなんだけど、だから、大丈夫なんだけど」

百ちゃんは涙を拭わずに話しつづけた。

「遙くんはこれからも、自分の時間が欲しいと思いつづけるんだよねって、思って。二部屋にできるとこを選んだら、遙くんは安心するんだよね。私と一緒だと、たぶん集中して映画観るとかができなくなるから、私がいないところで観たいもんね。それが私を嫌いとかそういうのじゃないのはもう分かった。娯楽が必要なのも分かった。でも、遙くんがそれをするたび、私は少しだけ、自分がこれまで生きてきた人生を少しだけ、否定？　された気持ちになるの。私は学生時代も友だらとおしゃべりするのに夢中だったから、あんまり娯楽に時間を使ってこなくて、そうしてこなかったことが、まるで学のない人生だと言われてるような気がするの。遙くん、いつも映画に飽きちゃう私をひどい目で見るから。こいつはなんにも分かってないって顔するから。飽きちゃうのはごめんね。でも私だって、すごく楽しい人生を送ってきてるのね。私にとって時間は誰と過ごすのかが大事で、何をするかっていうのはそこまで大事じゃないから、遥くんといられればなんでもいいの。映画がつまらなくても、遥くんが横にいるならいいの。――ねえ、意味分かんないって顔、しないで」

「いや、いやしてないよ」

「してるよ。遥くんがどんなにしてないって思ってても、してるって私が感じたんだからしてるんだよ。あー、ごめん、私ちょっと今日だめかも。お家帰る」

「お家って、ここが家だよ」

「……私にとってはここ、遥くんの家」

百ちゃんは来た日と同じようにてきぱきとキャリーケースに物を詰め始めた。僕が声をかけても見向きもしないで、「遥くんがいると涙止まらないから部屋に戻って」と言われてしまった。それを断ると、「本当に戻ってて」と雲のローテーブルにある物件チラシを乱暴に落とした。僕はゆっくりと部屋に戻った。玄関の開く音がしたので追いかけたが、百ちゃんはもういなかった。

僕は急いで謝罪のメッセージを送ったけれど、返信はなかった。自分でも謝罪して解決する問題ではないことは分かっていた。僕は百ちゃんが残していった食器を片付け、コーヒーメーカーの洗浄もした。コーヒーメーカーは部品がいくつもあって、かなり洗うのが面倒だった。

キッチンは蒸し暑かった。なぜ僕は今、コーヒーメーカーの部品を洗っているんだろう。百ちゃんしか飲んでいないのに。僕はすぐに惣菜を買わないとか、折り畳みテーブルを出しっ放しにするとか、僕のコーヒー用マグカップで百ちゃんがオレンジジュースを飲むとか、さまざまなことを許容しているつもりなんだけど、僕が望む、一人の時間が欲しいってことは許されないのだろうか？

一緒に生活をする中で本音を飲み込むことは、とても難しいみたいだ。僕はひまわりが入っている花瓶をシンクに移動させ、折り畳みテーブルをしまった。久々にキッチンが広くなったので、床に体育座りをしてみる。二つの部屋が見える。まったく違う部屋で、それがなぜか寂しかった。モキチたちと住んでいるときだって部屋はぜんぜん違って見えたはずなのに、なぜ今だけこんなに寂しいのだろう。違うことは寂しいことではないのに、僕は何を望んでいるんだろう。


百ちゃんから『今からお家行く』とメッセージが来たのは、今年最高の暑さと言われる日曜日だった。きっとこれから何度も暑さは更新されるんだろうと思いながら、僕はコンビニのざるそばをすすっていた。僕はざるそばをかっこんでトレーをゴミ袋にまとめてロフトに隠した。

玄関を開けただけで、つい息を止めたくなるようなむっとした空気が僕を包んだ。でも百ちゃんはまったく汗をかいていなかった。キャリーケースも持っていなかった。代わりに持っているのはカフェで購入したらしいアイスラテだった。

「百ちゃん、本当にごめんね」

和室で向き合ってすぐに僕は謝った。それまで僕は百ちゃんに抱いていた違和感を言わなければならないと思っていたのに、袖なしのワンピースを着ている百ちゃんを見たとたんにすべて引っ込んでしまった。目の下にきらきらしたメイクがしてあってかわいいとさえ思った。

百ちゃんは笑顔を作ろうとしたのか、唇をにゅっと横に伸ばした。でもそれもすぐに戻り、アイスラテを飲む。

「私もごめんね。でも仲直りしたくて来たんじゃないの。たくさん考えてきたから、聞いてくれる？」

姿勢正しく正座をしている百ちゃんにつられて、どきどきしながら僕も猫背を直す。しばらく百ちゃんはアイスラテのカップについた水滴を触っていた。何か触っていないと落ち着かないのかもしれない。

「私と遙くんって、幸せの順番が違うんだなって思ったの」

僕は言っている意味を考えようとした。溜まっていたらしい唾をごくりと飲む。

「しあわせ？」

「だから遙くんはさっ」

百ちゃんは勢いよく言うとはっとして、ゆっくり話すことを心掛けるように深く息を吸った。

「私はね？　遙くんと一緒にいられたら、それだけでよかったの。休日二人でだらだらするだけでも、いい休日だったな、って思うの。遙くんと過ごせること自体に幸せを感じるから。だけど遙くんはさ、私と一緒にいるときも、一人でいるときの『やりたいことリスト』を消化しないと満足しないでしょう？　せっかくの休日だから映画観たいとか、読書したいとか。そういう、達成するものがないと満足感を得られないんじゃない？　私と一緒にいるだけじゃ満足できなくて、何か摂取しないと、幸せに思えない」

「そんなこと――」

「そんなことあるよ。今は遙くんと私だけだから、最悪、それでもいいよ。私といるだけじゃ幸せじゃないなんて、結構ムカつくけどさ。でも、もし、もしこれから……家族、ができたらさ。まあもしもの話だよ？ もし、できたら、子育てが中心になるじゃない？ 私はたぶん遙くんと子どもを育てるだけで幸せで、もちろん遙くんも幸せに思うとは思うよ。でも、当分遙くんの『やりたいことリスト』は消化できなくて、だんだん遙くんはそれに焦っていらいらすると思うんだよね。それで私は、この人は私たちといるだけじゃ幸せに思えないんだ、って思う。そしたらもう、きっと私は遙くんにあきれて、大事にできなくなる。そういう家族は作りたくないと思ったの」

百ちゃんは泣かないように大きく目を見開いていた。僕はこれ以上百ちゃんを悲しませたくない気持ちと、その『やりたいことリスト』とは結婚すると本当に消化できなくなるのだろうかという大きな不安が押し寄せていた。僕は心のどこかで、夫婦にでもなれば個人の時間の使い方は自由になるかもしれないという馬鹿げた希望を抱いていた。結婚したら何かが変わるんだろうと思っていた。おそらく僕がこれまで考えてきた「結婚」というものは、大学生の就活中に考えた「仕事」に近いのだろう。つまり理想を描くことはできるし、やる気もあるのだけど、暮らしに大いに関わってきたときの自分を想像できていない。それなのに、いずれはみんなするものだと安易に考え、自分はみんなに含まれるなどと思っている。

「百ちゃんといるだけでも幸せだし、子どもが生まれたら無条件にそれも幸せに感じると思う」僕は混乱しながら、百ちゃんが安心するような言葉を選んだ。

「うそ」

「うそじゃないよ」

「現段階で私とただいるだけでは幸せを感じていないのに、子どもが生まれたら感じられると思う証拠は？」

「証拠というか、絶対そうなるよ」

「絶対、かあ」

百ちゃんはいじわるそうに僕の言葉を繰り返し、はっきりとため息をついた。何も分かっていない僕を見下したようなため息だった。それによって僕の脳の一部――百ちゃんを悲しませないため、本心ではない言葉を紡いでいた部分――が停止した。

「『やりたいことリスト』のことだけど」

僕の言い方に棘があることを察知した百ちゃんは、対抗するようにきっ、と睨んだ。

「そもそも僕と百ちゃんは、恋人の前に一人の人間でしょ。百ちゃんは前に自分は娯楽に触れてこなかったことを言っていたけど、触れるのはこれからでも遅くないと思う。むしろ、これからいろいろ観たり読んだりできるなんて最高だと思う。百ちゃんの言う、その

『何か摂取すること』はそんなにいけないことなの？」

「いけなくない。あー、だから、どう生きてほしいとか、どっちが悪いとかの話じゃないの。幸せの順番が違うっていうのはそういうことで、人はそれぞれ何で幸せを感じやすいかが違うんだって分かったの。たぶん遙くんは知識とか経験が一位、つまりそれを得たりするのに一番幸せを感じるんだけど、私は愛が一位なの。知識を得ることはランキングで言うと四位とか五位とかで、おいしい食べ物を食べるとか、お金をもらう方が上。たぶん同じように知識が一位の人となら、遙くんもうまく暮らしただろうね」

「僕だって愛が一位だよ。たしかに百ちゃんがいると映画を観たくても観られないことがあって、それには少しいらいらした。でも百ちゃんがいない二週間、映画を観ていてもすっごく寂しかったよ」

言いながら、今の意見はずれているなと思った。だけど訂正することはできなかった。

百ちゃんはわずかに微笑んで、相槌を打つように軽く「ありがと」と言う。

「でもね。たとえばだけど、遙くんが毎日日記を付けているとするでしょう。子どもが生まれたら、平日の日記は『今日は安土桃山時代を教える。夜は子どもと一緒にお風呂に入った』とかになって、土日は『公園で遊んだ。すべり台が気に入っていた』とかになるの。それが何年もつづく。大変なことばかりだろうけど、私はそれをするのが楽しみなの。

それが、愛が一位っていう意味」

「……安土桃山」

僕は返す言葉が見つからず、それだけを繰り返した。ゆっくりと鼻から息を吐く。ひゅるるると、鼻水に引っかかって情けない音が漏れる。

じゃあ僕がうまく人と暮らすなら、百ちゃんが言うような、「知識が一位」の子と出会えばいいのだろうか。そんなこと現実に起こるのだろうか。好きだと思った子に今の話をして、そうそうわたしも知識が一位だよ、と言ってくれる子が存在するのだろうか。存在するとして、果たして僕はそういう子を好きになるのだろうか。もし僕の性質上、「愛が一位」と思う子にしか惹かれなかったら？

何も言えない僕を、百ちゃんは悲しそうに見つめていた。いつか僕も愛が一位になるかもしれない、と言って百ちゃんの悲しい顔を変えたかったけれど、具体的な年数を約束できないし、なによりそうなる自信がなかった。僕はまだ自分のためにたくさん時間を使いたい。読みたい本や漫画もあるし、サウナにも通いつづけたいし、なんならジムにも通いたい。どうして百ちゃんは、相手のためだけに時間を使えると思うのだろう。自分の人生なのに。百ちゃんはすごいな。僕はまだ自分のことばかり考えているよ。

「僕たちはどうすればいいんだろう」

「別れて、他の人と暮らす、かな」

百ちゃんは結論を初めから持っていたのか、言いにくそうに囁《ささや》き声で言う。

「そ、それ以外だと、なんだろう」

僕の声は文字にしたら線の細いふにゃふにゃの書体であろうくらい弱々しかった。

「それ以外?」

百ちゃんの声には明朝体のような力強さがあった。二人で黙ると百ちゃんの声だけが余韻として残った。家の外をバイクが通って、余韻を消していく。

「ふふ、分かんない」

百ちゃんは降参したように笑った。眩しいくらいかわいくて、僕はつられて笑った。

「これ捨ててってもいい?」

ずっ、と氷だけになるまでアイスラテを飲み切って百ちゃんは言った。その他人行儀な言い方に喉の奥がきゅっとなった。でも僕は肯いていて、百ちゃんは僕の横を通ってキッチンに向かった。いつもとは違う甘ったるいバニラの香りがした。

カップをゆすぐ音が聞こえる。テーブルの上には水滴の円ができていた。百ちゃんが存在していたことを証明する水滴の円。僕はその円すら、消えずに残ってほしいと思った。

立ち上がり、クリアファイルに入れておいたカウンターキッチンがある方の間取りのチラシを手にキッチンに向かう。百ちゃんはカップをゆすぐついでに、さっき僕が使った箸も洗ってくれていた。

「百ちゃん」

声をかけてから唾を飲み込む。今なら「気をつけて帰ってね」と言うこともできると思った。だけど振り返った百ちゃんの顔を見たら、そんな選択肢は消えた。風船が破裂するように消えた。僕はクリアファイルを見て、もう一歩百ちゃんに近づいた。

毎口のグミ

もの静かな家だ。だれもいない教室に、朝一番に着いてしまったかのようだ。でもそこには机と椅子だけでなく、掃除機くらい大きい植物や、歯医者さんでも見たことがあるウォーターサーバー、洗ったばかりの陶器のマグカップがある。時計なんてここから見えるだけでも三つある。友だちの家に行ったときはこんな風に部屋をじろじろ見たりしないんだけど、どうしてかいまは物ばかりに目が行く。友だちがここにいないからかな。それか、部屋にある物が全部、一人の人間に選ばれた物だからか。

一歩リビングに足をふみ入れてもフローリングはきしりとも言わなくて、だけど幅が握りこぶし一つぶんの木目はこの家でしか見ない大きさだった。木目なんてほかのどの建物でも気にしたことがないのに、この家の木目を覚えているのは不思議だった。部屋の真ん中まで木目にそって歩く。奥には色あせた芝生みたいなカーペットがしいてある。それには他人のレジャーシートのように、ひと言言わないと座ってはいけない気配があった。

ゆっくり手前のフローリングに腰を下ろすと、素肌が触れる部分が冷たかった。今日から衣替えが始まって、まださくて長いジャンパースカートを着なくてはならない季節になったから、触れるのはふくらはぎのほんの一部だけ。だけどそれでも冷たい。指先で木目を触ってみる。凸凹《でこぼこ》している木目の感触はなつかしく感じた。感触にもなつかしいとかあるんだと思ったけれど、ほかに思い出せる感触はなかった。

座って見回す部屋は、知らない家具にかこまれているのに知っている家だった。部屋の形と、セーターのあみ目みたいな柄をしたベージュの壁紙に記憶がある。壁には、お姉ちゃんとあたしがおそろいのワンピースを着ておどけている写真が飾ってあった。その背景も同じ壁紙だ。そういえば壁紙のどこかに、爪でめくってしまったところがあったな。たぶん廊下。あれは先にお姉ちゃんがやったのだ。でもママは、めくった面積が大きいあたしをたくさん怒った。廊下の壁を見に行こうと思ったけれど、このままリビングで待っていたほうが見た目がいいだろうから立たなかった。なんだか最近あたしは見た目ばかり考えてしまう。好きな人とか関係なく、全員にかわいいって思われたいし、全員にいい子って思われたい。

カーペットの上にはしんみりとしたグレーのソファがあった。ソファと同じ色のクッション以外は何も置かれてなくて、でも三人は座れるくらい一丁前に大きい。ソファには少し緊張する。家にソファがあったことがないからだと思う。だから座り方がわからない。いや、座り方はわかるんだけど、友だちの家にあるバランスボールと同じくらい、どうやって座ったらいいかがわからない。その真ん前にあるテーブルも初めて見る物だ。まあもともと使っていたやつは、ママがあたしたちと一緒に連れていっちゃったからなんだけど。テーブルには収納がついていた。何を入れているか気になった。でも玄関が開く音がしたので、背筋を伸ばして待つ。

「飲みものとか、飲む?」

リビングに入ってきた滝さんは、右手の指を温めるように左手でにぎっていた。眠たくなるくらい平坦な声や、新月みたいに静かなオーラがこの部屋になじんでいる。当たり前か、この人が作った空間なんだから。

「飲む!」

たぶんあたしがこんな明るい声を出すのは、緊張しているからだと思う。滝さんは着ていた薄手の黒いカーディガンを脱いで、「ソファ、座っていいから」と言うと少し考えてからリビングを出たところにある階段にカーディガンを置いた。いつもはこのソファとか、カーペットに脱いだ服を置いているのかと思うと申し訳ない。カーディガンを脱いだ滝さんは、白いロングTシャツ一枚のかっこうになった。洋服の色が黒くても白くても、滝さんの顔色は相かわらず悪かった。ロングTシャツの背中には、何年か前の知らないバンドのツアー日程がプリントされている。

「うん！」

滝さんはあたしがソファに座らないことを確認してから、冷蔵庫を開けた。ばこ、というドアの開閉音だけがする。

「あれ、冷蔵庫のメロディが鳴らないね」

「ん。ああ。けっこう前に買い替えた」

「ふうーん」

前の冷蔵庫は、ドアを開けると音が鳴るから好きだった。開けているあいだは鳴りつづけるから、長く開けているとママにばれてよく怒られた。いまでもそのメロディは歌える。音が出る信号機みたいな電子音で、テーテレテレテレッテー、テーテレテレテレッテー、テレーテレッテー、テレレレテレレッテー、がループする。合間もなくループする。モーツァルトみたいな誰かが作ったクラシックなのかもしれないけれど、もし原曲を聞いたとしても、それはきっと雄大でボリューミーで、冷蔵庫のメロディと同じだとは気付かない。

「飲みものだと麦茶だけど、氷入れる？」

「入れようかな」

「何個入れる？」

滝さんはこめかみ辺りをさっと掻《か》いて、不安そうに見てきた。そんな風に見られると、こっちも不安になるからやめてほしい。

「何個でもいいよ。あ、ってか自分でやる！」

背後に立つと、滝さんからは郁美《いくみ》ちゃんの匂いがした。え、どうして、と一瞬思ったけれど、そうかあの匂いは市販の柔軟剤の匂いなのだと気付いた。ずっと勝手に、そのミントとかグリーンっぽいさわやかな匂いは、郁美ちゃんの頭皮の匂いだと思っていた。そんなわけないよな。洟をすするようにしてもう一度滝さんをかぐ。やっぱり郁美ちゃんだった。あたしも今日からこの柔軟剤になるわけだけど、急に同じ匂いになったら郁美ちゃんはどう思うだろう。あ、でも自分の匂いって案外自分ではわからないものだから、郁美ちゃんは気付かなくて、回りの、吉池とか、由奈《ゆな》とか、その辺りが気付くかもしれない。気付いて、でも、それを言うかな。なんか二人は言わない気がする。みんなで郁美ちゃんの匂いの話をしたことはなかったし、匂いなんてものより、だれがだれを好きだとか、腕の毛があるとかないとか、そういう話をするほうが楽しい。

滝さんはあたしからコップを受けとると、一歩後ろに下がって麦茶をそそいだ。

「ご飯は、どうする？」

「どうするって？」

「作ったやつ、食べる？」

「食べるよ」

「作るのは僕だけど」

「え？　うん」

「無理だなって思ったら言って」

無理、だなんてなるんだろうか。たしか吉池は、誰かが先に入った湯船にはつかりたくないから、必ず最初にお風呂に入ると言っていたけど、そういうこと？　それとも嫌いなものがあれば言ってってこと？　あたしはぬるいトマトと骨の多い魚は苦手だけど、残さず全部食べなさいってママに言われつづけてきたから、苦手な物を大人に言うのってちょっと勇気がいる。

麦茶を受けとろうととなりで待っていると、滝さんはなみなみとそそいだコップをテーブルの上にそっと置いた。

「僕は六時くらいまで仕事する。冷蔵庫にあるものはなんでも食べていいのと、部屋はピアノ部屋が空いているからそこを使って。基本ヘッドホンをして仕事しているから、下から呼ばれても聞こえないと思う。だから何かあったら連絡するか、二階に上がるのが嫌でなければ直接呼びに来てもらってもいい。――あとはこれに書いたから」

滝さんは旅の日程を説明する班長のように事務的に言うと、テーブルの下からＡ４ファイルを取りだした。透明なファイルには一枚の紙が入っていた。紙には基本の帰宅時間と、得意料理がないから夕飯は希望を言ってはしいこと、朝はパン派だけどコンロ横の引き出しにパックご飯を常備していること、おとなりの所沢《ところざわ》さんは三年前に引っ越して今は子どもが四人いる榎本《えのもと》さんが住んでいること、トイレのレバーの調子が悪くレバーを垂直に戻さないと水が流れつづけてしまうこと、手伝うごとに十円渡すお小遣い制度は廃止したので欲しいときに言えば渡すこと、部屋のワイファイIDとパスワード、とっくにあたしが登録している携帯番号（『一応』と書かれている）、会社の住所と電話番号、それからメールアドレス（これにも『一応』が書いてあった。

「読んだら捨てていいから」

ちょうど読み終わったときに滝さんは言った。「あとこれ」と指さした先には、エアコンとテレビと加湿器のリモコンがテーブルの上に綺麗に並んでいる。

「わかった！」

あたしはリモコンのことに対してそう返事をしたのに、声にすると紙を捨てることに対して答えたみたいになってしまった。言い直したかったのに、言い直せる時間っていうのは本当に一瞬で、簡単に言いのがした。メモは前半が黒のボールペン、ワイファイのパスワード以降は油性ペンのような太い字で書かれていた。

パタパタと、スリッパが階段を上る音が遠のいていく。そういえば一緒に住んでいたときは、滝さんだけがスリッパを履いていたことを思い出す。それと一緒に、玄関にもう一組スリッパが置いてあったかもしれないと気が付いた。目には入っていたんだろうけど、景色の一部にしていた。紙をファイルにはさんでテーブルに置き、玄関に向かう。やはり見落としていたスリッパがあった。見るだけで暖かくなるようなふわふわの紺のスリッパで、雪の結晶がデザインされている。履くとすぐに足元は暖かくなった。これからこうやってお客様扱いされるのかな。それはちょっと寂しいかも。まああたしも家に入るとき、「おじゃまします」だなんてかしこまって言ったけど。

玄関は光が射し込むように一部だけ曇りガラスになっていて、ほこりがきらきらと舞っているのが見えた。収納になっている全身鏡を開けると、スニーカー数足と傘が一本、防災ヘルメットが一つ、空いているすきまには全部柔軟剤が入っていた。もう滝さんは一生自分の匂いを変えないつもりらしい。あたしもしばらく郁美ちゃんの匂いだ。

全身鏡に自分が映ったので、身体をねじってモデルみたいにポーズを決めてみた。あたしは斜めから見ればちょっと細く見えるんだけど、人間っていうのはみんなそうなのかな。それともあたしがそういうタイプなのかな。どうせなら正面から細く見えるタイプがよかった。前髪をあげておでこを見ると、まだニキビは三つともある。眉毛のすぐ上にあるニキビを人差し指で隠す。これだけでも治れば、まだましなのに。

ニキビを見ると、一旦ニキビのことで頭がいっぱいになった。だからリビングに戻っても部屋に対して緊張することはなかった。テーブルの麦茶を飲み干す。四つの氷は形が変わらないままコップの底に残った。

滝さんの言った「ピアノ部屋」は、リビングとふすまで区切られているだけですぐとなりにある。ピアノを習っていたお姉ちゃんがそこで練習するから自然とその名前が付いたけど、ピアノを弾くだけにしては広いので、ひな人形や七夕の笹を飾る部屋でもあったし、お姉ちゃんがいないときはここで友だちと遊んだ。

よく見たふすま。壁と同じデザインをしたふすま。閉まっているときはお姉ちゃんの気配とピアノの音がセットだったから、無音だとピアノ部屋じゃないみたいだ。かばんを持ってゆっくりふすまを開けると、当時遊んでいたおもちゃはもちろん、電子ピアノもなかった。代わりに置かれているのは、昨日渡したあたしの荷物と一組の布団、それから机と椅子だけだった。机と椅子は木を組み合わせただけの無機質なもので、きっと今回のために買ってくれたのだろう新しいものだった。机には、大きいけれどかわいくないスタンドライトと、目覚まし機能もついている時計と、コーラ味のグミが置いてある。グミは遠足のラインナップに自ら入れることはないくらいのお菓子だけど、あるなら食べる。あたしはここ何年か、ずっとお腹が空いている。

スリッパを脱いで椅子に座ると、腕が自動的にかばんから参考書を取り出した。受験生だなあ、と他人事みたいに思う。だけど参考書は出すだけにして、グミの袋を開けた。久しぶりに入った家ですぐ勉強を始められるほど、あたしは勉強が好きではない。ていうか、自分が七歳まで住んでいた家に久しぶりにあがって、何も気にせず勉強できる人なんているのだろうか？

グミの袋を開けると切れはしがゴミになった。部屋を見回してもゴミ箱がないので、リビングに戻る。リビングにもゴミ箱らしきものがない。シンクのところに生ゴミ入れがあったので、とりあえずそこに捨てる。ゴミ箱の位置がわからないなんて、さすがこの家に住んでないだけあるな！　と思う。思って、訪問客みたいに礼儀正しくソファに座ってみる。ソファはかたくて、鉄棒かと思うくらい沈まなかった。こんなソファ買ってきたら、ママに怒られそう。テーブルの収納を開けると、ビタミン剤とサプリメントが入っていた。つまんないけど、あたしの家のテーブルにもママのごぼう茶（便秘にいいらしいのと飲むたびに言う）とお姉ちゃんのスティックタイプの粉（コーヒーに入れるだけで食物繊維がとれるらしい）が入っているので、初めての共通点だった。

この家に入るのはすごく久しぶりでも、滝さんには年に二回のペースで会っていた。あたしの誕生日がある月末と、お姉ちゃんの誕生日がある月末に、ママ抜きの三人で。あたしとお姉ちゃんは二カ月しか誕生月が変わらないから、お姉ちゃんの誕生月が終わると、けっこう長いあいだ滝さんには会わなくて、だけどいつ会っても滝さんの見た目は変わらなかった。夜の水たまりみたいに寂しい目とか、細いけど禿げない髪を茶色に染めているところとか、首がいつも斜めに傾いているところとか、植物園とか美術館に連れていってもどんどん先を歩いていってしまうところとか。あとはどんなときでも、学校の先生みたいにあたしたちからちょっとだけ距離をとるところも。

お尻がかたまってきたのでソファに礼儀正しく横になってみた。つまり、病院で診察を受けるときのように膝をそろえて、手はお腹の上で重ねて横になってみた。クッションはへたっていて、頭を乗せやすかった。この部屋にある知らない家具は、全部ママと別れてからそろえたのだと思うと、ママと趣味がぜんぜん違って笑える。ママは用意してくれたスリッパのようなもこもこふわふわが好きだから、クッションやカーペットの毛足は全部長いし、テーブルにはキルト生地のテーブルカバーをかける。たぶんこの家に住んでいたときからその趣味はあったと思う。でも滝さんは、一つも反抗しないでそれらを使っていたのだ。

あたしは滝さんが嫌いではなかった。滝さん、と言ってもただのパパだけど、パパって呼ぶとママが「滝さんね」と訂正するので、もう何年も前に呼び名を変えた。だんだんと頭の中で呼ぶときもパパは滝さんになっていって、今は滝さん以外の何ものでもない。でもあたしは本人を前に「滝さん」と言ったことはない。だってあたしにも滝の時代があったのに、そう呼ぶのはちょっとかわいそうすぎる。だからずっと「ねえ」とか「そっち」と呼んでいる。

滝さんの家で寝起きすることに決まったのは、たった二日前だ。あたしが部活で足をひねったのがきっかけだった。所属していたバドミントン部はもう引退しているのだけれど、夏休みの恒例行事である「三年生交流会」でやってしまった。これは引退した先輩が久しぶり（と言っても二カ月ぶりだけど）に顔を出す日で、本格的な練習はしないものの、軽い運動をしながら一緒に語らう。部活というより休み時間のような空気になるから、現役のときも好きな行事だった。この日はなぜか三年生がとてもまぶしく見える。たぶん三年生だけ私物のジャージで参加していいのと、たくさんのお菓子やジュースを差し入れてくれるからだと思う。だからあたしもこの日に向けて、誕生日プレゼントはかわいいジャージを選んだし、ランニングでは腕を「く」の字にせず、だるそうに伸ばして走った。そしたら足をひねった。だけどひねったあとも、特に痛がらずにランニングをつづけた。引退していたからよかったけれど、青くなってはれているのを見たときはさすがにひるんだ。

だから家に帰ってから、痛みに耐えたことをママに自慢した。ママは仕事から帰って来たばかりで、頭が痛いと言いながら洗濯物を取りこんでいるところだった。ママはいつも頭が痛いと言うので、あたしはそれを、手伝ってほしいからわざと言っているのだと思っている。だから自慢だけしてその場を去った。いま考えると、そこはちょっとあたしも悪いかな。でもママは後からねちねち言い始めた。洗濯物をとっくに取りこみ終えて、レンジでチンしたご飯をお姉ちゃんと三人で食べていたときに。

「緋名《ひな》って、嫌なとこだけ滝さんそっくり」

あたしは滝さんが嫌いではないけど、この場合滝さんかどうかは関係なく、あたしに嫌なところがあって、それをママが冷やかすように言ったことに腹が立った。だからあたしも、ママの頭痛は演技だって言ってやった。するとママは赤ちゃんみたいにスプーンを持ったまま机を叩いた。なみなみとそそがれたお味噌汁がお椀からこぼれた。お姉ちゃんが布きんを取りに行ってそれを拭く。ママはお姉ちゃんにひと言謝ってから、これ見よがしにお姉ちゃんを褒めた。お姉ちゃんには思いやりがあって、緋名にはないのよ。そんなんだと、第一志望だって受からないわ。ママは呪いをかけるようにひと言際立たせるように言った。は？　思いやりと受験は関係なくない？　これはいま思い出してもむかつく。だからあたしも、ママとなんて似たくもないし、滝さんに付いて行けばよかったと言った。ママは大きな音を立てて椅子から立ち上がってそこから去った。お姉ちゃんがやれやれと両手をあげた。あんな勢いよく立てるなら、やっぱり頭痛は嘘だと思う。ママはスマホを片手に戻ってきて、いますぐ滝さんに連絡してそう言えば？　とあたしの前にスマホをどんと置いた。もう後戻りできる方法はなくて、すぐに電話した。あ、だからこの家に来たきっかけはその言い争いになるのかな？　まあどっちでもいい。足の痛みなんてもうほとんど消えた。

滝さんは突然の連絡にもかかわらず、あたしを受け入れた。どうせいつもみたいに黙って考えているあいだにママが我慢できなくなって、「やっぱりいい！」ととり消す流れになるかと全員が思っていたけど、考えたのはたった四秒で、滝さんは「わかりました」と大人が大人と話すときの平らな口調で言った。ママも少し驚いていた。お姉ちゃんが代表して「あーあ」と声に出した。

次の日ママは、たしかに緋名の中学校はここより滝さんの家のほうが近いから、受験まではそこから行き来するのもいいかもしれないね、と言った。足も悪いようだし、と意地悪く付け加えた。あたしはまだママのことをむかついていたから、その提案をすぐに受け入れて荷物をまとめた。滝さんは車で荷物を取りに来て、足が痛いなら明日も中学校の近くまで迎えに行くよと、雨もりの下にそっとバケツを置くように優しく言った。

スマホのメッセージ通知音が鳴る。鳴ったということは、木崎《きざき》くんだ！　画面を覗くと小さい頃の木崎くんが中指と薬指を立ててピースするアイコンが表示されている。

『たしかに』

　木崎くんのメッセージはいつも短い。もう一通来るかと思って画面を眺めつづけても、それっきりだった。そうなると、メッセージが来る前よりも悲しい気持ちになる。身体の中のものを全部吐いてしまいたい気持ち。スマホの文字は冷たいから嫌だ。これじゃああたしのことをもう好きじゃないのか、ただ勉強で忙しいだけなのかわからない。感情によってラブラブした文字や、とんがった文字が使えるようになればいいのに。いや、でも、もしこれがラブラブした文字でも、きっと同じ気持ちになっていたと思う。手書きだったらいいのにな。手書きだったら、いくら四文字でもあたしはうれしい。木崎くんが答案用紙に書いたようなうすく静かな文字を、何度も何度も見て、その四文字を書く速度と左手の位置、シャーペンを立てて芯をそっとしまうところを想像するのだ。きっと木崎くんは、たった四文字でも左手をだらんと下げたりせず、ちゃんと机の上に乗せて紙を押さえるだろう。木崎くんは親指の腹だけ少し太い。よくおじいちゃんの肩をもむからだと言っていた。

アプリを開くと、木崎くん以外の人からはたくさんメッセージが届いていた。バドミントン部のグループ、由奈、ママ。通知音が鳴るたびに木崎くんかそうでないかが気になって勉強が進まないので、木崎くん以外の人の通知は切ることにしている。木崎くんのメッセージを開く。どうせあたしが返事を送らなければ、追加で木崎くんからメッセージが来ることはないから、会話をさかのぼって読む。夏休み、初めてのデートで海に行った日にあたしが送った、『すごいたのしかったね!!』に対しての『うん。ね』を見る。はあ〜〜〜〜。このとき、たのしかったなあ。海なんて何度も見ているけど、こんときの海は脇役のくせにすごく光っていて、冷たくて、まっすぐで、空間ごと浮いているみたいだった。

パタパタと階段を下りる音がする。時間を確認するともう六時だった。ということは、あたしは一時間も木崎くんのことを考えていたのだ。次になんて送ろうかを迷って（ピアノ部屋の写真を撮って送ることに決めた）、木崎くんの返信が速いときの分数を調査して（一番速くて七分だった）、木崎くんのSNSも一応チェックして（やっぱり五月に投稿された陸上競技場の写真以降更新されていない）、そんなことをしていたら一時間なんてあっと言う間だった。でも滝さんにそれを説明できるわけがない。

急いで起き上がってピアノ部屋に入る。耳をすますと、滝さんはまず換気扇を回した。かたんと一つ金属がぶつかる音がして、水をためる音。水が止まると、スリッパの気配が部屋の奥まで来た。あわてて机の上のスタンドライトをつける。ビームみたいなすごい光量で、「うっ」と声を出してしまった。だけどピッピッと何かリモコン操作だけすると、スリッパの音は遠ざかった。ふう、とりあえずグミ食べよ。二個いっぺんに口に入れて、左右両側の歯で嚙むぜいたく食べ。それからあたしは部屋の写真を撮った。送るのは夕食前にしようと決めた。

でも滝さんは何十分経ってもあたしを呼びに来なかった。というか料理する気配もなくなった。滝さんが料理を始めても余裕で集中していましたと思わせるように、しばらく勉強するふりをしていたけど、そんなのどうでもよくなるくらいにお腹が空いたので、着替えて木崎くんにメッセージを送信して部屋を出た。滝さんはソファで本を読んでいた。「区切り?」と言う手にはなぜか三十センチ定規がにぎられていて、その定規をしおりがわりにして本にはさんだ。

「うん、おまたせ!」

滝さんはツナサラダと、ポテトサラダと、味噌汁を作っていた。自信なさそうに二種類のサラダのサランラップをはずし、味噌汁が入った鍋に火をかけ、ため息をつきながらあたしの前にそれらと白米を置いた。フライパンで肉を焼き始める。テーブルに並んだお皿はすべて一つずつだった。ポテトサラダにはアメリカ国旗がついた楊枝《ようじ》がささっている。

「あれ、そっちは食べないの？」

「サラダは、もうつまんだ」

言いながら滝さんは冷蔵庫から三種類のドレッシングとマヨネーズを出した。なんでそのときに呼んでくれなかったの、と思ったけれど、集中していた設定を壊したくなかったので黙った。ドレッシングは全部未開封だった。あたしの家ではドレッシングをかける習慣がないけれど、開けないのも悪いのでノンオイルのやつを選んで開ける。

「テレビつけていい？」あたしはリモコンを持ちながら言う。

「いいよ」

ポテトサラダの国旗を避けながら食べ進めたが、どうしても邪魔なのではずした。

「この国旗なに？」

肉をじゅうじゅう焼いている滝さんにあたしの声は届いたようだったけど、滝さんがなんて答えたのかは聞こえなかった。生姜焼きの匂いがする。生姜焼きは好きなので、国旗のことはどうでもよくなった。滝さんは火を止め二つの皿に生姜焼きをわけた。わけたというより、メインとおこぼれって感じによそった。メインをあたしの前に置くと、カーペットの上に腰を下ろして缶のお酒をぷしゅっと開ける。ソファの脚のところを背もたれにしていた。なんだかソファに慣れている人って感じでよくて、明日はあたしもそうやって座ろうと思った。

「おいしいね！」

テレビで流れているクイズ番組がＣＭに入るとしゃべったほうがいいような空気になって、だから気をつかって明るく言ってみた。すると滝さんはババ抜きで引くカードを悩むように、難しそうな顔であたしを見てから、ゆっくり肯いた。あたしはまだ木崎くんにご飯を作ったことはないけれど、木崎くんに同じ反応をされたら死にたくなるだろうなと思う。

「まだ焼いてないのがあるけど」

「あ、でもけっこうお腹いっぱいになったよ」

「そう。切った梨もある」

「ありがとう、明日にしようかな」

そうは言ったけど、梨を目の前にするとお腹の具合なんて関係なく食べたくなって、滝さんが一切れだけ食べ、残りは全部あたしが食べた。梨にささっている楊枝はフランス国旗とイギリス国旗だった。クイズ番組にはストーリー仕立てに出題するコーナーがあって、場面展開でテレビが真っ暗になった。テレビに映る自分と滝さんが二人とも国旗の楊枝をくるくる回していて、それが恥ずかしくて楊枝をテーブルに置いた。滝さんも置いていた。

「お母さんは、なんか言ってた？」

　ＣＭに入ると今度は滝さんがそう言う。

「なんかって？」

「今回の、住むことについて」

「別に、てかこっちが頼んだことだし。あ、まあいつ帰ってきてもいい的なことは言ったかな。よろしく的なことも言ってたかも」よろしく的なことは一切言っていない。

「そう」

「なんで？」

「いや、僕はお母さんに嫌われてるから、緋名にも気に食わないことが出てくるかもしれない。そしたら、言って」

　滝さんは冗談みたいなことを、悲しそうに言う。

「ん！」

　返事をしてから、いまのは元気に言わないほうがよかったかもと短く後悔した。二人の離婚の原因は詳しく知らないけど、「限界だったんだって」とお姉ちゃんは言っていた。でも限界だからといって、別に新しく好きな人ができたわけでもないのに夫婦は離婚なんてするんだな。ママは滝さんのどこが嫌いなんだろう。考えようとしたところでスマホが鳴った。

『でけえー。いいね』

わあ、二言来た！　しかも、伸ばし棒もある！　じゃああたしのことまだ好きってことじゃん！　部屋の写真を送ってよかったあ。とろけるようにソファを下りて、滝さんと同じようにソファの脚を背もたれにしてみたら、すごくかたくてどう頑張っても居心地よくはできなくて、すぐにやめた。返信を考えているあいだに滝さんは食器を片付けて二階に上がった。

次の日から滝さんは、紙に書かれたメモの通りの時間に帰ってきて、パンを常備して、参考書を買うと言うたびにお小遣いをくれた。嘘つけばいくらでもお小遣いはもらえそうだったけど、短いあいだでもいい娘だって思わせたかったし、滝さんはほとんど毎日のようにあたしにグミを買ってくるから、それだけですでに申し訳なくて嘘はつかなかった。グミはいろんなフルーツ味が入っているものや、ちょっと酸っぱい粉がついたもの、嚙んでも嚙んでも消えないかたいもの、さまざまだった。グミよりチョコにしてほしかったけど、言えば滝さんの「お菓子を買う行為」を期待していると思われると思って、言えないまま過ぎていった。

「家にグミがあふれてるって、無敵だね」

由奈が滝さんみたいにソファの脚を背もたれにしながら言った。グミを持たないほうの手で塾の宿題を写している。丸く破れたセーターの袖から親指が出ていた。まだセーターを着るほど寒くはないけれど、制服のジャンパースカートの丈を短くするには腰のベルトで調節しないといけなくて、しかも校則で短くするのは禁止されているから、セーターかベストを着てそれを隠さないといけない。三年生はほとんどみんな短くしているんだけど、その上で「ベストを着るのはださい」という派閥があり、由奈が属しているのはそこ。

あたしが滝さんとの二人暮らしについて塾のメンバーに話したとき、みんなは興味のない話をされたように困った顔で笑って、冗談を交ぜてもまったく盛り上がらなかった。だから自分から話題にするのはやめていたんだけど、学校の近くに親が不在の家があるのはかなりラッキーなことで、試しに誘ってみると由奈と郁美ちゃんは二つ返事で来た。塾までの時間、いつもなら受験生が集まる大きな教室で待たなければいけないから、おしゃべりする場所が欲しかったのだ。玄関で郁美ちゃんに柔軟剤を見せると、「自分の家がなんの柔軟剤使ってるかとか、知らないよね」と言われた。

「グミ、うんまあ」「郁美ちゃんも食べなね。ラムネ味もあるよ」「うち、いまお菓子やめてんの」「えー、ダイエット？　細いのに」「じゃあ塾に持ってこっと！」「緋名、この前授業中にも食べてたね」「一柳せんせー怒んないもん」「怒ったら怖そう」「どうだろ、怒りなれてなさそうじゃない？」「うちけっこう顔好きだよ」「ええ〜！　いっつも体調悪そうじゃん！」「ひゃっひゃっ、ひっど。そこがいいんだよ」

「でも怒んない大人のほうが怖いよね」由奈が持っていたグミを郁美ちゃんに見せつけた。郁美ちゃんは虫を払うみたいにして手ではたく。

「まあ、何考えてんのかわかんない感はある」

「ラクはラクだけどさー。緋名のお父さんは怒る？」

「ううんぜんぜん、見たことない」

あたしは滝さんが怒っているところを想像してみる。声を荒らげる滝さんは、なぜか背景が草原だったり、ヨロイを着てたりと、空想上のキャラクターみたいになってしまった。滝さんはいつも何を考えているんだろう。仕事とあたし以外のこともなんか考えてんのかな。

「でも二人暮らしなら、怒んないお父さんのが絶対いいよね」

「たしかに。どうですか、こっちの暮らしは」

「なんも問題ないよ！　あ、でも変な質問だけど、生理のときのナプキンってさ、普通にゴミ箱に捨ててる？」

「変な質問」

「ほかになくない？」

「いや、そうなんだけど、ゴミ箱見られたら気まずいと思ってさ、この前わざわざ空のティッシュ箱にぎゅうぎゅうにつめて捨てた」

あたしが言うと二人は手を叩いて笑った。二人を見ているうちにおかしくなってきてあたしも笑う。郁美ちゃんは笑ったついでにグミに手をのばして、「あぶねっ」と自分で手を引っ込めた。

「うちは父親いないから、普通にゴミ箱かな」

「ああ、そっか。由奈は？」

「私もゴミ箱だけど、一応洗面所のゴミ箱に捨ててる」

「えー、この家の洗面所にゴミ箱ないよ」

「作ったら？」「作ったらばれるよね？」「ばれてもしょうがなくない？」「学校で捨てるのは？」「学校はないでしょー」「持ち歩くの、やばいか」「あたし学校には捨てないよ！」「緋名って自分のこと『あーし』って呼ぶよね」「え、ちゃんと、あ『た』しって言ったよ」「言ってない」

「てかさ、この家に木崎くん来たことあるの？」

「えっ、ないっ、あるわけないよ」

「なんだー、まあ来たら勉強どころじゃないか」

由奈はそう言うと自分の恋愛話を始めた。由奈は恋人の話をするときだけ、甘ったるくこもった声を出す。木崎くんが来たらどうしよう。あたしはこの台所に並んで立つ自分と木崎くんを想像してみる。木崎くんは百七十センチを越えているけど、この台所に立つとどれくらいなんだろう。換気扇に頭をぶつけてしまうだろうか。それならお茶の準備はあたしがするから、木崎くんにはソファに座って待っていてもらおう。木崎くんの家にソファはあるのかな。この家のソファ、ちょっとかたいよねってあたしが言ったら、木崎くんはいつもみたいに申し訳なさそうに笑うかな。

なんて言えば家に誘えるかを考えたりど、何一つ思いつかなかった。え、でも、ていうかあたしがもし柿元緋名じゃなくて滝緋名だったら、木崎くんと出席番号順がとなりじゃなかったんだ。それってすごい運命的じゃん。そう思って木崎くんとのトーク画面を開いたあたしに、「ねえこの人ぜんぜん聞いてないんですけど」と由奈が笑って手を向けた。

あたしはごめんごめんと謝って、今度はちゃんと由奈の話を聞きながらグミを一つ食べた。友だちと一緒に食べるグミはいつもよりおいしかった。

日曜日、滝さんはとなり町までパンを買いに行く。いつもはコンビニでも薬局でも、もしかしたら八百屋さんでも売っていそうな六枚切りの食パンを買うんだけど、かたいパンが好きな滝さんにはお気に入りのパン屋さんがあって、週に一度わざわざそこに買いに行く。今日みたいに大粒の雨がうるさく降るような日でもかまわないらしい。あたしは通常なら日曜日も塾で過ごすんだけど、今日は外に出るだけで二時間勉強したくらい疲れると思ったから家に残ることにした。外は水族館みたいに暗かった。

せっかく家に残ったけど、今日のあたしはだめみたいだ。あたしは月に何回か、どう頑張っても集中できない日っていうのがあって、そういう日は英文や古文はもちろん、数学の問題文だって頭に入らない。もう神様が「勉強しなくていいよ」って言っているとしか思えなくなる。あたしはさっきからずっと、古典プリントのはしに「る」と「ゐ」と「ゑ」を順番につなげて書いている。書いてゐる。書いてゐるゑ。くり返しているうちに、そうだ、滝さんの部屋に行こう、と思いついた。

住んでいたときは四人全員の寝室だった滝さんの部屋は、教室の半分くらいの広さがある。いまは仕事部屋としても使っているみたいで、テレビのようなパソコンが二台、長いキーボードや、マウスには見えないマウス、ほこりが積もるくらい大きいスピーカーが置いてある。音楽関係の仕事をしていると前に聞いたことがあった。具体的な職業は一度聞いただけじゃ覚えられなかったけど、これを使って仕事をしていると思うとちょっとかっこいい。でもこの部屋で仕事をしている姿は見たことがない。あたしは滝さんが家にいるときに、この部屋に入ったことがない。

部屋に入れば滝さんの好きなものを知ることができると思ったけど、仕事ゾーン以外にはベッドと洋服ダンスがあるだけだった。初めて入ったときは、引っ越しを考えているのかと思うくらいだった。でも滝さんはあらゆるものをクローゼットにしまっていた。クローゼットは、たぶんウォークインクローゼットと呼ばれるくらい大きなもので、お姉ちゃんの電子ピアノとかおもちゃが入った衣装ケースはそこにあったし、つくりつけの棚には、CDとか、双眼鏡とか、スポーツ雑誌とか、お香セットとか、一眼レフカメラとか、小さい門松とか、外国で買ったみたいなワラの置物とか、世界の歴史がわかる漫画が並んでいた。

棚を見たとき、あたしはほんの少し寂しくなった。せっかく滝さんの好きなものを知ったのになんでだろう。やっぱり別に、あたしたちがいなくても楽しそうなんじゃん、って、ちょびっと思ったのかもしれない。でも楽しくなくっちゃ、滝さんだってやっていけないよね、とすぐに思い直して、クローゼットを漁った。それはおとといの金曜日のことだから、あたしはまだクローゼットを漁るのに夢中だ。漁るっていうか、滝さんがどんなものが好きなのかを調査しているんだけど。CDはどれも知らないミュージシャンのものだった。お香セットの『白檀《びゃくだん》の香り』は想像することができなかった。歴史の漫画は受験の範囲にないことがたくさん載っていた。

平日と違って日曜日のパソコン回りには、いつもはない資料がいっぱい積まれていた。首からかける顔写真つきの入館証も置いてあった。滝さんは門番みたいに厳しい顔をしてまっすぐカメラを向いていた。滝さんにとってこれは、写真うつりのいい滝さんなのかな。まあ写真うつりとかそういうの、気にしなそうだけど。

アコーディオンみたいになっているパネルドアを開けてクローゼットに入る。歴史漫画のつづきを読もうと思って手にとると、間にはさまっていた冊子のようなものが床に落ちた。

「わっ」

あたしは小さく声を出す。開くと、それはたてに写真が二枚入るポケットがついたアルバムだった。お姉ちゃんがあたしと肩を組んで座っている写真が初めのページに入っている。あたしはまだ小学生で、楽しそうに両目をつぶってダブルピースをしていた。ページをめくっていくと、写真はすべてあたしかお姉ちゃんの誕生日を祝ったときのものだった。お姉ちゃんはいつも同じ笑顔を向けていたけれど、あたしはめくるたび撮られるのを恥ずかしがるようになって、途中から証明写真くらい真顔になっていた。最新の写真はおとといのもので、あたしはパーにも負けそうなしおれたピースをしている。

アルバムは両端から使われてあった。裏表紙のほうからめくると、そっちには手紙が入っていた。姉妹で毎年父の日に送っていた手紙だ。あたしはそれを見て、ここ二、三年手紙を送るのをすっかり忘れていたことを思い出した。いつもお姉ちゃんが声をかけてくれるから、自分で意識していなかったのだ。そういえばお姉ちゃんは、今年もスマホでメッセージを送るって言っていたかも。ぺらぺらめくったけれど、あたしは毎年『いつもありがとう！』しか書いていない。ときどき、当時自分の中で流行っているイラストも描かれてあったけど、文面はいつも同じだった。お姉ちゃんがラメ入りのペンを使って三行書いているのに、あたしは鉛筆でなぐり書きしている年もあった。それなのに滝さんはきちんとあたしとお姉ちゃんの手紙をわけて、一枚ずつポケットに入れていた。あたしはちょっと恥ずかしく、ちょっと後ろめたくなった。

もう一度最初のページの写真を見る。よく見るとダブルピースをしているあたしの前には旗のついたお子様ランチがあって、その横にはグミが置いてあった。コーラ味のグミだった。あたしって、グミが好きな時代があったんだ。え、そんな時代あったっけ？　記憶があいまい。でもとにかくわかったことは、滝さんがこの風景をずっと覚えているということだ。

そうか滝さんは、このダブルピースをしていたときのあたしを大事にしているんだ。勉強をさぼって、こっそりクローゼットを漁るいまのあたしじゃなくて。父の日に手紙も忘れるようないまのあたしじゃなくて。この家に来た初日に買ってあったグミが何味か思い出せないけど、コーラだった気もする。それならあたしはもっと喜ぶべきだったな。え！　わーい！　コーラ味のグミじゃん！　って、やるべきだった。

雨がぼたぼた落ちる外の音が、一瞬家に入ってくる。滝さんが帰ってきた。あたしはあわててアルバムと漫画をしまって、ゆっくりパネルドアを閉める。別に二階にいたって怒られないだろうけど、勉強しているあたしのほうが、ずっといい。

数秒息を止めて作戦を考えて、トイレにこもっていたことにしよう、と決める。そろそろ階段を下りて廊下を歩くと、トイレは使用中だった。「やべっ」と口パクして、音を立てないようにリビングに入り、ピアノ部屋に戻った。なぜかあたしは泣きそうだった。それが何に対しての涙なのかわかんなかったから、腕を組んでその上に頭を乗せた。そのまま寝られればよかったけど、目はぱっちりさえていた。滝さんはリビングに入ってくるとがさごそと買い物袋からパンを出し、すぐに二階に上がった。クローゼットの中を元あった通りに戻したか不安だった。もちろん確かめに行くことはできない。

その日以降も、滝さんの行動に変化はなかった。あたしはというと、グミを見るたびに滝さんがコンビニでグミを選ぶ情景が浮かぶようになってしまった。それどころか、仕事が遅い日に仕込んでいくカレーとか、切り取って置かれていたあたしの好きな俳優のインタビュー記事、さまざまな濃さのシャー芯が買い足されているのを見たときだって、それぞれの情景が浮かんできた。そうなるともうあたしは、カレーを残せないし、俳優を嫌いになれないし、お気に入りの濃さである2B以外も均等に使わなければならなかった。それはうれしくもあり、窮屈でもあった。窮屈だと思うのは悲しかった。

滝さんが家にいるとき、あたしはリビングで勉強するようになった。できるだけ難しい、数学の証明問題とか漢文の勉強をするときに。でもそうすると滝さんは二階に上がってしまった。滝さんが録画した地層の謎を解く番組を観始めたら、となりに座って図書館で借りた夏目漱石《なつめそうせき》を読むようにした。でも滝さんはすぐにテレビを消してしまった。夏目漱石は難しかった。

あたしは少しずつ滝さんにむかつくようになった。だんだんグミにもむかつくようになってきて（毎回残さず食べたけど）、それなら生理ナプキンは普通にゴミ箱に捨ててやろうと思ったし、木崎くんだって家に連れてきてやろうと思った。

毎日あたしは、寝る前に木崎くんをどう家に誘うかを妄想した。その日どれだけ滝さんにむかついていようが、木崎くんのことを考えればぽわんと甘い世界にひたれた。一緒に帰るときにかわいく提案したり、廊下ですれ違いざまに耳打ちしたり、掃除のときに教室のはしから目配せして伝えたり、妄想はどれもすばらしく成功した。だけど現実世界ではどれも実行できなかった。結局あたしは由奈の前でスマホからメッセージを送った。手が震えても文字がいつも通りでありがたかった。

連絡をしたのは金曜日だった。木崎くんは陸上部で長距離を走っているから、冬の駅伝が終わるまでは引退できない。いまだに練習は木曜と日曜以外毎日あって、だから家に来ることができるのは木曜日だけだった。あたしはメッセージを送ってから、どうして一番遠い金曜日に誘ってしまったのかと後悔した。土曜日から水曜日は同じ毎日のくり返しだった。滝さんはいつの間にか髪を切って、少し前の髪型に戻っていた。

いま、木崎くんはあたしの家にいる。家にあげてからあたしは下ばかり向いている。下を向くたびに、木崎くんの靴下が目に入った。木崎くんは足首が見える靴下をはいていて、甲に『不撓不屈』と書かれている。なんて読むかわかんないけど、書体的には「練習がんばろうね！」って感じで、たぶん陸上部の練習のときにもはくやつなんだろう。練習が休みでも、木崎くんがそれをはいているのはプライドがある感じでかっこよかった。

リビングに入ってから木崎くんはずっとソファに座っている。うすい背と長い首を真っ直ぐにして浅く腰掛け、面白くなさそうに窓の外を見ている。あたしが透明人間だったら、木崎くんのちょっとつりあがった目尻と貧血みたいな青白い唇を絵に描くのに、存在しているばっかりにちらちらと見ることしかできない。窓の外は雨がさっきより弱くなっているだけだった。せめて家の中を見てくれていたら、木崎くんの家のテレビの大きさの話とか、リビングはどんな柄の壁紙をしているかなんて話すのにな。家に入ってからこの部屋はずっと、試験監督が「はじめ」と言うのを待つ教室みたいにおそろしく静かで、三つの時計が動く音がいろんなとこから鳴るのが目立って聞こえる。そのうち二つはほとんど同じタイミングで短針が動くから、一分間に一度タタンと響く。それさえも木崎くんに嫌われてしまう要素になるんじゃないかと思えてくる。

麦茶を持ってソファに座ると、木崎くんはソファから下りた。下りて、リュックから参考書を取りだす。あたしは自分だけソファに座っているのが恥ずかしくなってきて、ノートを取りに行くふりをしてピアノ部屋に向かった。グミを持って戻る。手のひらにグミを二つのせて木崎くんにすすめると、「ありがとう。あとでもらう」と言ったからグミはそのまま二つ残った。一気に二つ食べるぜいたく食べをする気にはならなかった。

せっかく木崎くんが目の前にいるのに、頭に浮かぶのは額のニキビに気付かれていないかとか、鼻くそは出ていないかとか、消化を始めたお腹の音は聞こえていないかとか、聞かれていたとして、それをおならではなくお腹の音だとわかってもらえているかとか、自分のことばかりだった。もちろん勉強がはかどるわけはなくて、だけど木崎くんは集中して問題を解きつづけていて、どこをとってもみじめだった。トイレに行こうとあたしはまた立ち上がる。だけど扉二枚はさんでいてもおしっこの音がリビングまで聞こえてしまわないかが不安で、ゆっくり少しずつ出したからぜんぜんすっきりしなかった。戻ると、今度は木崎くんが「おれもいい？」と言って立った。耳をすましても意外におしっこの音は聞こえなくて、それなら堂々とすればよかったと思ったけど、安心のほうが大きかった。

戻ってきた木崎くんは、どかっとあたしのとなりに座った。左肩に木崎くんの右肩が触れた。あたしの首と肺の半分は凍ってしまったように動かなくなった。もう半分はあわてたパトカーみたいにうるさく鳴った。手をつなぐのより触れる面積は小さいのに、威力が上なのは触れている部分が顔に近いからかもしれない。

「ちょっと、やばいか」

木崎くんはため息をつくように言ってから正面に座り直したけれど、あたしを見ると参ったように笑って、またとなりに、今度は音も立てずに座って、もう肩は当たらなくて、でも木崎くんがこっちを見ている気配がして、あたしも木崎くんのほうを見る。いちいち自分の行動が合っているかどうか脳がさわぐから、七分くらい経ったと思ったけどたぶん数秒の出来事だった。木崎くんは泣きそうな顔をしてからまぶたを下げて、ぐ、と顔を近づけた。あ、これは、目を閉じなくてはいけないやつだ、と思って何度もまばたきしているうちに、唇はあたって唇は離れていった。

それから木崎くんがどうやって帰っていったかは覚えていない。勉強が進まないのはもちろん、自分で唇を触って何があったか思い出したかったから、早く木崎くんにどっかに行ってほしい気持ちと、このまま一生ここにいてほしい気持ちが同じくらいあった。予定通り七時に帰宅した滝さんは、大きい鶏肉が入ったクリームシチューを作った。テレビで観たレシピらしく、わざわざ鶏肉を焼いてからシチューに入れたらしいんだけれど、少し前まで木崎くんが部屋にいたことを考えるとどうしても食欲がわかなくて、鶏肉を二切れ食べたらお腹いっぱいになってしまった。

「無理して食べなくていいからね」

滝さんは言った。それはよく言われることなんだけど、あたしはなんだか木崎くんが来たことがばれてしまったような気がしてきた。連れてきてやろうなんて意気込んでいたけれど、実際にするとすごく悪いことのように思える。キス、したからだろうか。でも滝さんにばれる要素なんてない。木崎くんといるときはグミしか食べてないし、食べたのはあたしだけだし、木崎くんが家のゴミ箱に何か捨てていったわけでもない。トイレは使ったけど、あ、そういえばその後あたしはトイレに入っていないから、もしかするとあたしがしないようなトイレットペーパーの使い方をしていたらばれる。いや、その前に、もし木崎くんが立っておしっこをしていたら、それは一発でばれる。

あたしは急いでトイレに入った。トイレの便座は下がっていた。一瞬安心したけれど、むしろ上がったままだったら、滝さんが帰ってきてからトイレに入っていない証拠になったから、下がっているほうが嫌だった。滝さんがトイレを使ったかどうかは観察してないからわからない。あたしは用をたさずに水だけ流してリビングに戻る。無理してでも鶏肉をもう二切れ食べる。滝さんはあたしが食べているあいだに立ち上がりフライパンを洗い始めた。怒っているように見えなくもなかった。

でもあたしは、また次の木曜日に木崎くんと約束してしまった。木崎くんから『行ってもいい？』と連絡が来たのだ。デートの誘いが来るなんて初デート以来で、あたしは滝さんのことなんて少しも思い出さずに、すぐ返信してはいけないことばかり考えて、九分待ってから『いいよ！』と返信した。木曜日はなかなか来なかったけど、その長いあいだ一度も滝さんに木崎くんのことは言えなかった。結局前日の朝に、「明日は由奈と郁美ちゃんが来るから、家にあるパンとか食べていい？」と嘘をついた。滝さんは、四人分はあるだろう量のパンを買い足してくれた。

木崎くんはほとんど勉強せずにあたしの横に座った。あたしが木崎くんにパンをすすめると、「あとでにする」と言ってゆっくりあたしに近づいた。それから先週よりも十五秒も長いキスをした。先週からあたしは、唇をつけたままうまく鼻で息をする方法や、しているときは手をどこに置けばいいか、顔はどれくらい傾ければいいかを調べていたから、先週より自分のことは考えずに済んだ。空いた分の頭は全部木崎くんに使った。木崎くんの唇は冷たかった。それから唇の右端には色素の薄いほくろがあった。

鍵が回る音が聞こえたのは、四回目のキスをしようとしたときだった。はっとして玄関のほうを向くと、ドアが鍵に引っかかって開かない音がした。この家の玄関は二つ鍵があって、あたしが一人のときは上の一つしか閉めないけれど、木崎くんは鍵を二つとも閉めてくれていた。あたしはその行為が家の密室感を上げてくれるような気がして、うれしくてどきどきした。だから木崎くんが帰るまではいつも鍵はそのまま二つ閉めていた。玄関からもう一度同じ音がする。

「えっ」

木崎くんが玄関を指さす。あたしが「やばい」とささやくと、木崎くんは不意に授業中に当てられたみたいにすんとして、鼻息を長く吐いた。木崎くんはあたしより一歩早く現実を受け入れてしまったようだ。あたしはもう少し滝さんではない可能性を信じたかったけど、諦めて一緒に現実を受け入れた。まだ五時を少し過ぎたところだった。滝さんが早く帰ってきたのがいけないんだから、そんな顔であたしを見ないでほしい。

また鍵を回す音がして、がっちゃん、と今度は玄関が開き外からの空気が入る音がした。木崎くんはパンのくずがのったノートを閉じて立ち上がった。あたしは数学の参考書をかばんから出した。滝さんはなかなかリビングに入ってこなかった。ビニール袋を床に置く音がする。いつもなら買ってきたものをリビングに置いてから手を洗ったりするのに、洗面所に先に入っていった。あたしたちはそのあいだ、何もできずに同じ姿勢のまま待った。

「ただいま」

ゆっくり引き戸を開けながら滝さんは言った。いつもより目を細めていた。ビニール袋ごしに豚肉と玉葱とお酒が見える。

「おじゃましてます、木崎です。すいません、勉強一緒にさせてもらってました、もう帰ります」

木崎くんはほとんど息継ぎせずに言い、おじぎをするとパンのくずをはさんだままのノートをリュックにしまった。滝さんは「いえ」とか「お気になさらず」とか言っている。

「えっと、木崎くんって言ってあたしの――」

「柿元ごめん帰るね、すみません、突然おじゃましました」

「いえ、僕も会社出るとき連絡すればよかったね」

「や、勝手にすいません、おじゃましました」

木崎くんは滝さんにもう一度頭を下げ、あたしを見ることなくリビングを出た。あたしはつい友だちが帰るときにするように忘れ物がないかテーブルを確認したけど、置いてある参考書がどっちの物かなんてどうでもよかった。追いかけて玄関に向かうと、ローファーを履き終えた木崎くんはわずかにあたしのほうを振り返って、ぶつかってしまった他人に謝るように黙って会釈すると出ていった。

「木崎くん」

玄関が閉まる前にすきまに向かって言ったけれど、躊躇《ちゅうちょ》なく玄関は閉まった。ふくらはぎに当たった風が冷たい。追いかけようと思って一歩踏み出したけど、全身鏡に映るあたしの顔が真っ赤でほとんど泣きそうでぜんぜんかわいくなかったからやめた。踏み出したほうの足には靴下ごしに砂を感じた。

すぐにリビングには戻りたくなくて、あたしは横にある階段に座った。悲しいって思ったら涙が出そうで、涙を出したいと思ったから顔に力をいれた。視界が涙でぼやけてきて、まばたきしたら簡単に流れた。ジャンパースカートに涙が落ちて染みこむ。木崎くんがいますぐ戻ってきて、泣いているあたしを見つけてほしかった。泣きそうな顔を見られるのは不細工なだけだから嫌だけど、泣いてしまったらもう、涙の威力で顔のかわいさなんてどうでもよくなる。木崎くんがあたしを心配してくれたら、悲しみも全部吹っ飛んでいくのに。でも木崎くんは来ない。連絡だってない。

悲しいときに誰もかまってくれないとわかると、だんだん悔しくなってきた。悔しくて、むかついて、一度むかつくと前に滝さんにむかついたことも思い出して、あたしはあっという間に宇宙まるごとむかついていた。立ち上がってどすどす音を立てて階段を上る。でもそれだけじゃ身体にあるいらいらは出ていかなかったから、滝さんの部屋からベランダに出て、「あ!!」と口をセーターでおさえて叫んだ。もしかしたら見えてないだけで木崎くんが近くにいるかもって思いながら叫んだから、全力では叫べなかった。あたしは滝さんの部屋に戻ってから、もう一度セーターで口をおおって「あ!!」と叫ぶ。一軒家でも家で叫ぶっていうのには緊張して、さっきよりも声は出なかった。パタ、パタ、とゆっくり階段を上る音がする。あたしはどう待つか一瞬だけ迷って、ドアから見たときに斜めに見えるように立った。

階段を上がってきた滝さんは入館証と同じ顔をしていた。目の前にするとこわい。だけど滝さんはすぐにまつげをしなりと下に向ける。

「急に帰ってきてごめん。連絡すればよかったね」

真正面から謝られてもあたしの心はぜんぜんすっきりしなかった。でも大人から真っ直ぐ謝られるのは気持ちよくて、それだけであたしのいらいらはちょっと消えた。だんだん自分が嘘をついて木崎くんを家に呼んだことを自覚してくる。でもあたしが木崎くんを呼んだのは滝さんのせいなんだから、謝る必要はない。

あたしが黙っていると、滝さんは「もうちょっと下で仕事する」と言って階段を下りようとした。その大人の態度と、あたしがまだいらいらしているのが伝わってないことにむかついた。

「なんかさ」

声は思っているより大きく響く。反応して滝さんはすぐに身体を戻した。滝さんを見ると言えなくなると思って、あたしは床を見る。

「なんで、なんでなんも怒んないの。もうあたしが、前みたいにはしゃがないから、もういいやって感じ？　たしかにあたし、勝手に木崎くん呼ぶし、しかも由奈と郁美ちゃんだって言って呼ぶし、パンだって、フランスパンばっか食べたし、ぜんぜん、滝、さんが思ってるような娘じゃないけどさ。昔よりいまのほうがずっと勉強がんばってるけど、そんなに昔のあたしが好きなら、なんでいまのあたしに住んでいいって言ったの。そんなこと言わなきゃよかったじゃん、呼ばなかったら、いまのあたし見てがっかりしなかったじゃん。あたし、もう別にグミとか普通だから」

言っていることがぐちゃぐちゃで、それが悔しくてまた涙が出る。滝さんはいつも通りまっすぐ立っていた。なんでもっと動揺しないの、と思ってつま先でどん、と床を強くつく。気持ちより大きな音が出て、すぐにやりすぎたと後悔した。それにつられて、いっぱい言ったことも恥ずかしくなってきたし、本人の前で「滝さん」と呼んでしまったことにも気付いた。下を向くと、滝さんはすっとあたしに近づいた。急に怒ってあたしをはたいたりするのかな、と一瞬だけ思ったけど、もちろん滝さんはそんなことはしなくて、あたしの背中を寝かしつけるように優しくさすった。触れられるのは久しぶりで、身体が少し緊張した。それを敏感に察知した滝さんはすぐに手をどけて、あたしから一歩離れる。

「がっかりなんか一度もしてないよ。緋名はいつもがんばってる」

「じゃあ、なんでグミ買うとか、国旗の楊枝、つけるの」

滝さんは不思議そうにあたしを見た。

「緋名が喜ぶといいなと思って」

「でもそれって、昔のあたしが、でしょ。あたし写真見たもん、ってかそうだよあたし、このクローゼットとかも漁ってるんだよ。漁ってはないけど」

言うと、滝さんは弱く笑った。気のせいだと思うくらい短い笑みだった。

「うん」

「何。なんで怒んないの」

「怒んないよ」

滝さんはこめかみあたりをさっと掻いて、あたしを見る。

「写真の頃の緋名を意識していたんじゃないよ。頭のどこかにそれが記憶されていて、恥ずかしながらアップデートされてなかっただけで」

ずず、とあたしは洟をすする。目が合っているのが恥ずかしくなって下を向いた。鼻水が垂れてきたけど、この部屋にティッシュがあるかは知らない。

「僕は」滝さんはそれだけ言うと、ふう、と声がのった息を吐いた。何か伝えようとしてくれている空気が先に伝わってきて、身体がこわばる。

「僕は、緋名が生きているだけで幸せなんだ」

ずず。

「緋名が何をしようが一つもがっかりなんてしない。何をされても平気だ。だから受験までとは言わずに、いたいときまでいればいいと思った。お母さんと住み始めても、来たくなったらいつでも来ればいいと思った。そう思ってもらえるように、この家を居心地よく感じてもらえるよう努めた」

ずず。

「そもそもここに住みつづけているのは、そりゃ、お金のことだってあるけれど、何よりこうやって帰ってくるかもしれないと思っていたからなんだ。だから今回のことは僕が夢見ていたことだった」

ずず。

「昔の緋名だってかわいいけど、いまの緋名もかわいくて仕方がないよ。まあ今回のことは驚いたけどね」

「ご、ごめんなさい」謝る予定はなかったけど、つっぱることにあたしは慣れていなくて、つい口から言葉が出た。

「あ、いや、まあ——木崎くんが来るなら、次からは、そう、言って」

ずず。

滝さんは静かな咳払いをした。それはあたしの返答を催促しているんじゃなくて、自分が言ったことに照れているからのようだった。あたしは下を向いたまま、「わかった」と言った。滝さんの口から出る木崎くんの名前は別人みたいだな、とちょっと遅れて思う。

「いまはどんなお菓子が好きなの?」

顔をあげると、滝さんは箱ティッシュを持って立っていた。あたしは一枚もらって洟をかむ。かみながら、勢いであたしはグミの悪口まで言っていたんだと思い出した。

「ぜんぜん、グミも好きだよ。一位っていうと、チョコとかだけど」

「そう」

「ぜんぜん、グミもかなり好きなほうだけど」

「うん、わかった。ありがとう」

滝さんはまた弱く笑った。さっきよりか数秒長かったから、あたしは滝さんの笑う顔を覚えた。手の届く距離に滝さんはいたけれど、もうあたしに触れることはなかった。もう一生あたしの背中をさすらないのかな。そう思うと寂しいけれど、いまのあたしは滝さんにそれを伝えることはできない。自分から触りにいくなんてもっとできない。もう少し大人になったら、自分から触れるようになるのかな。それでもっと大人になったら、あたしも滝さんが生きているだけで幸せだって、言えるようになるのかな。滝さんはクローゼットを意味もなく開け閉めした。あたしはとりあえず来年の父の日には、お姉ちゃんに提案して一緒に手紙を送ろうと思った。

二人で一階に下りると、キッチンには滝さんが買ってきた食材が並んでいた。もちろんそこにはグミもあった。あたしはちょっと気まずくて、すぐにグミの袋を開ける。

「そっちも、一個食べる?」

恥ずかしついでに言うと、意外にも滝さんは「じゃあ一つ」と言って手をさし出した。あたしは手のひらに触れないようにちょっと上からグミを落とす。ぜいたく食べのことを教えてもよかったけど、それは今度にしようと思う。ソファにどかっと座る。ソファは相変わらずかたいけど、そのかたさをすでに知っているあたしの身体はうまくなじんだ。

ポケットからスマホを出したけれど、通知は入っていなかった。ママからはたくさんのメッセージが来ていた。『今日は月が近いよ』なんてぼやけた月の写真も送られていた。あたしはなんだかママがかわいく思えて、夕飯を作ろうとしている滝さんの後ろ姿を写真に撮った。

『いまから夜ごはん。そろそろママのごはんも食べたいかも』

送信すると、すぐにママからスタンプがたくさん返ってきた。喜んでいたり、びっくりしていたり、ママがいまどんな気持ちでいるのかが隅々までわかるスタンプだった。あたしも同じくらいスタンプを送る。帰ったら木崎くんのこと、ママに言ってみようかな。ここは好きだけどここは嫌いってとこまで話したら、わかってくれるかな。

「ん？」滝さんがこちらを振り向いている。シャッター音が聞こえたのかもしれない。

「なんでもない。なんか手伝う？」

「……そしたら、サラダにこれさせる？」

滝さんはコンロ横の引き出しから旗のついた爪楊枝を出した。あたしは「旗とかもういいんだけどね」と言いながら、いちばんかわいく見えるように二つのポテサラに旗をさした。

避難訓練

「じゃあおさらいだけど、まず戻田《もどた》がみんなの財布を持って窓から出る。俺の財布はリュックとチェーンで繋がってるから、リュックごと運んでくればいいからね。そのあいだに俺はこの部屋に遙を運ぶ。窓まで来たら持ち上げるから、戻田は遙を受け取る。OK？」

「了解です」

「なんで僕が運ばれる役なの」

「だから、遙の部屋から火災が発生する確率が一番高いだろ。お前は煙を吸って一人で歩けない状態なの」

「もう部屋で煙草吸うの、やめるよ」

「その言葉を信用したいところだが、この家の代表として信用することをやめる。戻田何か質問ある？」

「あ、一柳さんの財布はどこにあるんですか」

「たぶんテーブルの上」

「了解です。あと俺は財布以外にも大事なものがあるんですけど、持っていってもいいですか」

「財布を持って出る時間と変わらないなら、よし！」

「了解です」

「はい、じゃあそれぞれ位置について！」

避難訓練が始まった。僕の煙草の不始末から起こった火事を想定したものだ。脱出するのは僕の部屋の隣にある戻田の部屋の窓からで、消火よりも脱出を優先する場合の訓練だった。玄関から避難すればいいという僕の意見は、「玄関の鍵が開かなくなる可能性もあるだろ」というモキチの意見で取り下げられた。戻田の部屋の窓は床から一メートルくらいの高さにあり、僕の部屋のテレビより若干大きいくらいのサイズだった。つまり対角線に合わせるように身体を斜めにしないと肩幅は通らない。

僕は床に座ってスタンバイした。あると思っていた財布はテーブルになく、仕事で使うホワイトボード用水性ペンが入った筆箱と明日の授業で使う予定の資料が置いてあるだけだった。たぶん財布は鞄の中だ。戻田に伝えようと思ったとき、鼻から下にタオルを巻いたモキチが部屋に入ってきた。「助けに来たぞ！」と僕の脇を持ち、ずるずる引きずりながらドアに向かう。隣の部屋からは道具箱でも落としたような音と、「だーあ！」と戻田の嘆く声が聞こえた。

ドアを通り抜け、短い廊下に出る。フローリングの上で引きずられる尻の熱痒さは、高校のときに体育館でやった人間ボウリングを思い出させた。体育座りになって足を浮かす人が球の代わりになり、十個並べた三角コーンを何本倒すか競う遊びだった。同じチームのやつが押し出して滑っていくんだけど、三角コーンは当たっただけじゃぜんぜん倒れないから、球役は滑った先で三角コーンを持ち上げて倒さなければならなかった。その効率の悪さで一度しかやらなかった。クラス替えが発表されて僕とモキチのクラスが離れると分かった日だったから、今と同じくらいの時期だと思う。

僕は記憶から抜けていた人間ボウリングの存在を思い出したことに少し嬉しくなった。でもスウェットにたくさん埃がついたら嫌だと思って腰を浮かせる。モキチが「こらっ」と突然の犬のおしっこを叱るように言った。

戻田の部屋に入ると、戻田は床に散らばった鉛筆を集めている最中だった。それは戻田が受験生時代に使っていたもので、努力の証として実家から持ってきたのだと言っていた。鉛筆は全部で二十本くらいあり、焼き芋のような艶のある山吹色をしていた。すべてにホルダーがついている。というかホルダーをつけないと持てないくらいの短さだった。プラスチックの引き出しも裏返しになって床に落ちていた。

「戻田、もう行くぞ！」

モキチが言うと、戻田は袖口で口元を押さえて僕の部屋に向かった。「おい、何してんだ！」とモキチは戻田に向かって叫んだ。三秒くらいで戻田は僕の筆箱と資料を手に戻ってきた。床に散らばった鉛筆を一掴みしてリュックに入れ、窓から出ようと左肩を入れる。百八十センチ以上ある戻田の肩幅はいくら頑張っても窓を通ることはできなかった。痩せた背中は肩甲骨がはっきりと浮き出ていて、関節が外れてしまわないか僕は心配になった。それでも戻田は諦めず、左肩を出すと今度は右肩を入れた。結果は同じだった。モキチのリュックについたワオキツネザルの刺繍キーホルダーがちらちらと揺れていた。


避難訓練は今日で二回目で、一度目は地震を想定したものだった。僕と戻田は自分の部屋にあるテーブル、テーブルがないモキチはキッチンの折り畳みテーブルの下に身を屈めた。全員が全員姿を確かめられないまま、テーブルの下で小さくなる時間はかなり長く感じた。ローテーブルの僕はかなりきつい体勢だった。首が痛くなってきたのを、テーブルの脚のくびれを触りながら誤魔化した。

テーブルを出たあとは、地域の避難場所になっている小学校まで歩いた。小学校は駅とは反対側にあるので、三人でその道を通るのは初めてだった。いつ営業しているか分からない居酒屋を冷やかしたり、モキチが一度だけ入ったという床屋を覗いたりしながらだらだら歩いた。訓練の次の日、モキチは韓国料理の似合いそうな金色のアルミ鍋を三つ買ってきて、これを防災頭巾の代わりにしようと提案した。たしかに頭がすっぽり入る大きさだったが、べこべこしていて身を守るには頼りなさそうだった。でも僕たちはそれを防具用とみなし、料理には使用せずしまってある。

避難訓練をするきっかけとなったのは戻田だった。戻田は僕と同じ塾に勤める一つ下の後輩で、僕と同じ社会科を担当している。背が高いだけでなく足も長いから、姿勢よく立てばピーターパンみたいな説得力があった。だけど戻田はかなり猫背だった。いつも目の下に濃い隈を作り、ギリシャ彫刻のように重たい表情をしているので、生徒は最初みんな戻田を怖がる。戻田はそれを少し気にしていて、必ず髭を剃るようにしているらしい。髭が伸びると、頑張って笑顔を作っても口角が髭で見えなくなるそうだ。

戻田がこの家に住むことが決まったのは去年の暮れだ。僕は戻田と二人で飲んでいた。たしか冬期講習が始まる前日、その決起会と称して仕事の話をしたりしなかったりしていた。途中モキチから『まぜてほしい』と連絡が来たけれど、戻田とモキチは会ったことがなかったし、もうほとんど飲み食いが終わっていたのでまた今度と断った。しかしモキチは「仕事でずたずたになったから、まだ自分を知らない人と話したい」と電話をかけてきた。たしかにそういう気持ちは僕にも分かるような気がした。戻田に謝り事情を説明して電話を渡すと、二人はそれから十五分も話した。僕にはなかなか見せない、歯が見える笑い方を戻田は三回もしていて、僕は少し嫉妬したくらいだった。戻田は祖父母が電話の相手であるかのように温かく別れを告げると僕に電話を返した。僕が耳を当てたときにはもう切れていた。

「なんだって？　ここ来るって？」

「いえ。でも、年が明けたら一緒に住もうって誘っていただきました」

年末の挨拶をされたかのように戻田は言った。それが冗談だと思っていたのは僕だけで、モキチは自分の部屋を空け、戻田は年明け早々に引っ越してきた。

引っ越し当日、モキチは歓迎のために寿司パーティーを開こうと米を炊き始めた。

「寿司なら出前しようよ」

「だってこれから一緒に住むんだよ。それぞれ握ったシャリくらい食いたいっしょ」

「そうかな？」

モキチとは長い付き合いになるけれど、僕には言っていることの意味が分からないことが多い。それでもモキチは目を細めて楽しそうに言うので、なんとなく従う。

戻田は握り寿司パーティーを喜んだ。三人並んで狭いキッチンに立ち、まだ熱の取り切れていない米を握った。握りながら僕たちはぼそぼそとお互いのことを喋った。好きな寿司ネタランキングが始まると、スイーツ、調味料、漢字と、どうでもいいランキングを発表する時間になった。戻田は「鯵《あじ》」、「エクレア」、「味覇《ウェイパー》」、「門構えの漢字」などと答えてから、この家についての質問を始めた。使ってはいけない食器はありますか。音楽は各々イヤホンで聴く感じですか。風呂には毎日湯を張っていいですか。土曜日は寝坊してもいいですか。タブーの話題はありますか。掃除機ではなくコロコロを使って床掃除をしてもいいですか。などなど。どれも僕とモキチが気にしたこともない問題だった。

「この家、消火器はどこにあるんですか」戻田の最後の質問がこれだった。

「消火器はない。だけどうちには避難訓練がある」

モキチが答えた。二年間一緒に住んだけどそんなものはなかった。しかし僕は何度目かのシャリのつまみ食いでもごもごしていて、すぐ反論することができなかった。そのあいだにモキチは「季節に一回ある」「火事や雷、台風など様々ある」と架空の詳細を付け加えた。そして次の週末に冬季分を行うことが決まった。それからまた季節が変わって、今日の火災訓練があったというわけだ。

訓練では戻田が窓から出られないと分かった後も、もし僕が家に一人だったら出られるのかと、一人で窓から出る練習をさせられた。肩幅的には問題なかった。部屋にあるエアロバイクに左足をひっかけて、キャスター付の椅子に右足を乗せればなんとか出ることはできそうだった。懸念点は窓の下に高く積まれた戻田の本を倒してしまうことだった。戻田は「どうせ燃えるのだから倒していいです」と言った後少し悩んでから、「じゃあできればこれだけ持っていってください」と僕に一冊の本を渡した。『デミアン』だった。

モキチは「失敗を祝して」と僕たちにビールをついだ。避難訓練の失敗は、死ぬ選択肢を減らすことなのだと言った。

「玄関、開くと思うけどね」僕は言ったけれど、ビールはすごくうまかった。

「戻田はさ、リュックに何入れてたの」

モキチが言うと、戻田は誇らしげにリュックから物を出し始めた。僕の筆箱と資料、小指くらいの鉛筆が数本、チェーンに繋がったモキチの財布、家内安全のお守り、ぼろぼろになった蛙のノートと蛙のファイル。小さいポケットからは頭痛薬。

「あと茂田《もだ》さんのDVDです」最後に戻田は、リュックの内ポケットから自信満々にモキチの映画DVDを三枚出した。

「くう戻田、ありがとなあ」

「これ別に持ってこなくても、配信サイトで観れるだろ」

「ばか。この映画を観た日の、こっちの思い出がくっついてんでしょうが」

「ほおん」時々は僕だって、モキチの言う意味がぴったり分かる。

リュックの中身を片付けてから家庭用消火器をネットで注文し、次の避難訓練の日を決めるためにみんなでカレンダーを囲んだ。三枚めくるとまだ誰の予定も書かれていなかった。モキチは学生たちが夏休みに入る前の土曜日に丸をつけ、丸の中に〈ヒ！〉と書き加えた。戻田が思い出したように31日を指して妹の誕生日だと言った。モキチは「おめでとう！」と快く言ってから、〈もどた妹・バースデー〉と書いた。


僕が勤める会社は「奈良《なら》進学塾」という名前の塾だ。創業二十年で、自転車店と美容院に挟まれた細いビルの二階から四階にある。一階はずっと眼鏡店だったけれど、最近おからを使ったドーナツ店に変わった。「奈良」は塾長の苗字からとっている。塾はゴールデンウイークにも授業があるけれど、僕が担当するクラスは休みだった。しかし中学三年生を担当している戻田が熱を出し、僕が代わりに授業を受け持つことになった。塾に着いてから体調が悪くなったらしい戻田は、僕たちの家ではなく、塾から徒歩十分のところにある実家に帰った。

「ちゃんと飯食えてるかなあ、戻田」

ゴールデンウイーク二日目、モキチは僕のパソコン画面をじっと見ながら言った。

「まあ、ここにいるよりは食えてるんじゃない」

「だと良いな」

モキチは大きく伸びをして、ぐう、と立ち上がり腰を後ろにひねった。なぜか戻田の部屋着であるチェック模様のスウェットを着ていて、袖が余っていた。腰をひねったついでに真後ろにある窓を全開にする。

僕は雨が入ってきてしまうだろうと思い立ち上がって窓に近付いたが、雨量が多いわりに部屋の中には入ってこなかった。土の匂いが部屋をゆっくり満たしていく。僕は窓を閉めずに壁に背をつけてずるずると座った。

モキチが僕のパソコンの前にいるのは、古賀《こが》先生の結婚式の映像を作るためであった。古賀先生は僕たちが所属していたバスケ部の顧問だった人で、僕たちが高一のときに「ほぼ三十歳」と言っていたから、おそらく今は四十歳くらいだろう。映像は当時バスケ部にいた人たちの動画メッセージを並べる予定で、僕の動画も撮らないといけないらしい。しかし見る感じだと、モキチはぜんぜん作業を進めていなかった。僕のパソコンに入っているのは初期設定からあるシンプルな編集ソフトのはずだけど、僕も使ったことはないから教えることはできない。

　モキチは先生と仲がよかった。それはモキチが部長だったからかもしれないし、関係ないかもしれない。きっと性格が合ったんだろう。初めて「モキチ」と呼んだのも古賀先生だった。モキチの本名は茂田祥吉《しょうきち》と言って、それまでみんなは祥吉とか茂田と呼んでいたのだけど、先生が点呼の際に間違えて名前の頭と尻をくっつけて「茂吉《モキチ》」と呼んだ。体育館にその声はよく響いて、体育座りをして点呼を聞いていた僕たちは反響音まですべて聞き終わったあとに爆笑した。先生は謝っていたけれどモキチはかなりそれを気に入って、それから先輩後輩関係なく、先生も含めみんながモキチと呼び始めた。

　そこまで先生と仲がよかったとしても、結婚式の動画作成をする立場までだとは思わなかった。というか、先生とずっと連絡を取っていたことに驚いた。僕には教師だった人で連絡を取っている人はいないから、少し羨ましかった。

　古賀先生はいつも飄々《ひょうひょう》としていて誰とでも親しく話すのだけど、どこか一線を引いているというか、自分のプライベートの話は一切しないような人だった。唯一僕たちが知っているのは、先生が喫煙者だということだった。先生はよく、「煙草吸いてえ……」と未成年である僕たちの前で簡単につぶやいた。それは「金持ちになりたい」と夢見るような言い方で、切実な願いでもほとんどギャグに聞こえた。だから僕たちも言われるたびに「はいはい」と受け流していたし、先生が生徒の前で煙草を吸ったことはもちろん、煙の臭いを漂わせることもなかった。

だけど僕たちは一度だけ、先生の後をつけて喫煙の場面を見に行ったことがある。それは夏休みに行われた練習の後で、歩くだけで大汗をかく暑い日だった。先生は珍しく僕たち一人一人に缶ジュースを奢ると、「じゃ、解散」とシンプルに練習を切り上げた。その背中が怪しいと感づいたのはやはりモキチだった。僕たちはジュースを片手に先生を尾行した。先生は学校から十二分歩いたところにあるコンビニ（歩いて四分のところにあるコンビニはスルーした）の前まで歩きつづけたので、僕たちは全員ジュースを飲み終わっていた。先生はコンビニから出てくると慣れた手つきで煙草に火を点けた。その姿は憂鬱にも晴れやかにも、考えごとをしているようにもぼうっとしているようにも見えた。僕が人に多面性があることを実感したのはおそらくこのときが初めてで、その姿はかなり魅力的だった。今の自分が喫煙者なのも、おそらくこの日の出来事が影響している。

モキチが当時から先生のプライベートを知っていたのか、卒業してから知ったのかは分からないが、それはどちらでもよかった。たぶん僕が羨ましいと思っているのは、先生と仲が良いことを別に自慢するでもなく関係してきたモキチのあり方だった。逆に言うと、僕は先生と仲良くなったとしても、それは「先生という肩書を持った人と仲が良い自分」が好きなだけだったんじゃないかと思う。きっとモキチがそうではないことを、先生は前から見抜いていたのだ。

「腹減ったな」

片肘をついた姿勢のまま、モキチが言った。

「飯食いに行く？」僕も壁に背をつけたまま言う。

「今日俺、無性にカップ麺が食べたい」

「じゃあコンビニ行こう」

止んだと思った雨はよく降っていて、少し歩いただけでもビニール傘は霧吹きをかけられたように白くなった。傾けると水滴同士がくっついて滴る。

コンビニに行くまで僕たちは「美味いものしりとり」をした。リゾット、トルネードポテト、取り寄せた鯛、一週間ぶりのビール、ルワンダ産コーヒー、インカのめざめのバター焼き、金賞を受賞したハム、娘が初めて作ったカレー。コンビニに着いた途端しりとりは終了し、買い物を済ませて店を出るとモキチはスマートフォンを僕に向けてきた。

「はい、じゃあコガセンへのメッセージ、撮りまーす」モキチはカップ麺の入った袋を傘の柄に掛け、それを左肩と首で支えて両手でスマートフォンを持っていた。

「危ね、家で撮ろうよ」僕はモキチの傘を持とうとしたが、モキチはするりとよける。

「いいのいいの、じゃあそこ曲がって住宅街入ったら撮るよ」

「音もうるさいよ」

「こういう方がホームビデオっぽいじゃん」

僕はもう反論するのを諦めた。住宅街に入った後、モキチと同じように僕も傘の柄にビニール袋を引っ掛けて、袋が映らないようにしながら先生へのメッセージを撮影した。僕のビニール袋にはかつ丼が入っていたので、袋はずっと左右に揺れていた。僕はとりとめのないことしか言えなかったけれど、家に着くとモキチが僕たちの家の外観を撮り始めたので、モキチと同居していることも話した。「家の場所がばれる」とか、「勤務先の後輩もいるので勝手に遊びに来ないでください」とか文句を言いながらも、カメラを前に僕はモキチや先生と話しているくらい自然体だった。もしかするとモキチは、こういう状態の僕を撮るために外に出たのかもしれなかった。

両手で撮影しつづけたモキチはびしょ濡れになった。僕のビニール袋に入っていたかつ丼は思ったより濡れていない。かつ丼と一緒に入れていたエクレアも無事だった。僕は付箋に『もどた』と書いてエクレアに貼った。冷蔵庫を開けると、既に同じエクレアが真ん中に置いてあった。びしょ濡れだった。仕方なく僕はカツ丼を温めるあいだにそれを拭いてやった。

「ほんと、すいません。急に代わってもらっちゃって」

ゴールデンウイークの最終日、電話をかけてきて戻田は言った。いつもぼそぼそと話すのに、電話越しだと妙に透き通って聞こえて、なんだか気恥ずかしかった。

「体調は平気？」

電話がかかってきたのはちょうど授業が終わって十分が経ったところで、僕はもう少し仕事をつづけようと煙草を買いにコンビニに向かっていた。

「はい。たぶんそろそろそちらに帰ります」

「熱けっこう上がったの？」

「熱はそんなです。腹痛と、めまいが少々」

「おいおい、まじで無理すんなよ」

「ありがとうございます。もう大丈夫です」

僕はコンビニに到着していたが、入るのは躊躇《ためら》われたので駐車場をうろうろした。今だけコーヒーのサイズアップが無料だと書かれた幟《のぼり》がなびいている。まあでも調子戻ってきたならよかったよ、と言おうとすると、戻田も何かを言ったらしく声がかぶった。

「あ、ごめん。何？」

「いや、すいません。今日の晩飯は何食べますかって聞こうとしました」

「晩飯？　まだ決めてないよ」

「ああ、ああ、そうですよね。実家にいるからか、うちは決まってて」戻田は恥ずかしそうに言ったが、たしかに僕も実家に住んでいた頃は昼過ぎに晩飯のメニューが分かっていたような気がする。

「うちは生姜焼きなんですけど、来ますか？」

「え、戻田ん家？」戻田がどんな顔して言っているかが分からず、返事に困る。

「本当に塾から近いんです。あ、生姜焼きって言っても茄子のですけど」躊躇している僕に戻田は付け加えた。

戻田の実家は二階建ての一軒家で、一階のリビングにはお母さんとミニチュアダックスフントがいるらしかった。ちゃんとは確認できなかったのは、戻田が「ちょっと友だちと部屋で飲む」と言ったとき、リビングのドアを数センチしか開けなかったからだ。数センチでも僕を見つけたミニチュアダックスフントが、「ウゥン！」と吠えたことも影響していた（僕は犬が不得意だった。犬自体がではなく、犬とコミュニケーションをとらないといけない状況が）。僕は十分な挨拶ができなかったことを情けなく思ったが、もう一度ドアを開けて改めて挨拶をする勇気がなかったので、戻田に続いて階段を上った。後ろからミニチュアダックスフントがフローリングを走る無機質な音が聞こえた。階段を上り始めてから戻田が僕のことを「友だち」と言っていたのを思い出し、嬉しくなって持っていたビニール袋で戻田の尻を軽くはたいた。

「いて、なんすか」

「ああ、そうだこれ」

はたいたビニール袋を見て、僕はスナック菓子とチョコバウムを買ってきたのを思い出した。戻田に差し出すと、「あざす」と小さく言って引き返す。戻田の実家の階段は、僕が手すりに腹をつければ人が通れる幅があった。

戻田はまたリビングのドアを数センチ開けると、その隙間からコンビニのビニール袋を入れた。箱に入ったチョコバウムが引っかかって、ドアは三十センチくらいに開いた。

「友だちが差し入れてくれた」

戻田の声の後ろで、僕は今度こそと思ってお母さんと目を合わせて挨拶をした。リビングには小学生であろう妹もいた。きっとカレンダーに書かれた誕生日は彼女のだろう。もちろん彼女は自分の誕生日が他人の家のカレンダーに書かれていることなど知らない。僕はそれをつい言ってみたくなったけど、言えばお兄ちゃんの愛が気持ち悪がられてしまうかもしれないと思って黙った。

一緒に住んでいる者だと伝えると、戻田のお母さんは食べかけのプチシューを片手に立ち上がり、「スケート選手みたいなかっこいい顔ね！」と僕を褒めた。僕は自分に似ているスケート選手は思い浮かばなかったけれど、かっこいいと言われたことに照れた。お母さんは背が高く、男子の平均的な身長と言われる僕と変わらなかった。戻田のスタイルの良さは母親からの遺伝なのかもしれない。妹も背が高いのかと思ったけれど、座って勉強していたので分からなかった。お母さんは友だちが来ることに慣れているのか、「六時半になったら作るから」と、優しい声で僕を戻田の幼なじみのように扱い、持っていたプチシューをぱくりと食べた。それから、食べながらでごめんなさいねえという顔をした。次にお邪魔するときは、戻田の家族が気に入りそうなシュークリームを持っていきたいと思った。

案内された二階の部屋は、僕の家にある戻田の部屋より一回り小さかった。下が収納スペースになっている低いロフトベッド、その横には角が丸くなっているキャメル色の学習机、久しぶりに見た鉛筆削り器、窓にはカラフルな鳥のイラストが描かれた水色のカーテンが掛かっていて、戻田のだと言われなければ妹の部屋だと勘違いしそうだった。でも学習机には見覚えのある仕事の資料と、僕と同じメビウスの煙草が置いてあった。

「戻田、煙草吸うんだね」

「いや、これは一柳さんに。代打ありがとうございました」

「えっ、ありがとう」

「こちらこそ。あ、その辺座っちゃってください」

戻田のカーペットは僕たちの家に持ってきているから、フローリングには座布団が一枚あるだけだった。ロフトベッドには布団もなく、戻田はリビングのソファで寝起きしていると言った。

「そういえばこの本棚、持って帰ったら使えると思ったんですよ」

戻田はロフトベッドの下からずりずり引きずって本棚を出した。テレビ台にもできそうな、横に長い一段の本棚だった。棚には仕切りが二つあり、一つには二十冊近くの文庫本が入っていたが、あとの二つは空だった。

「使える？」

「窓から脱出するとき、これならほら、乗れますし。そしたら本蹴っちゃう問題もなくなるじゃないですか」

「ああ、ありがとう。でも避難以外に必要ないならいいよ。窓から出るのは玄関が使えない場合だけだからさ」

「あ、でも一応仕切りのところに乗る方がいいかもしれませんね。一柳さん細いから大丈夫だと思いますが」

戻田は仕切りの上に片足を置き体重を乗せてみせた。僕はもう一度お礼を言ってから控えめに断ったが、戻田はてきとうに受け答えしながら、出した文庫をロフトベッドの脇に並べる。

「あ、そうだ一柳さん、これもう提出しました?」戻田は学習机にある用紙を指した。

「出したよ。それたしか連休明けが締め切りじゃなかった?」

「本当ですか。大変だ」

用紙は現状把握シートと呼ばれるもので、クラスの授業の進み具合や、夏期講習までの授業目標、クラスの様子を書き込んで塾長に提出しなければならないものだった。シートは表裏あるのだが、戻田はそれぞれの枠内をびっしり埋めていた。僕は一言ずつ書いただけで、シートを渡されたその日のうちに提出した気がする。

「休んでたから大丈夫でしょ。にしても、すごい量書いたね」

戻田は照れたように唇を内にしまった。クリアファイルにシートを入れると、二、三回自分を扇ぐ。「俺もここの生徒だったの、言いましたっけ?」

僕は首を横に振った。戻田は「ですよね」と言ってから、ぽつぽつと塾に対しての思いを話し始めた。中学を卒業するときからここで働くと決め、お世話になった塾長に恩返しをするためにも自分が塾長になるつもりで働いていること。人前に立つのは得意じゃないから、高校では人前に慣れるために生徒会に入ったこと。それでもやっぱりまだ自分の理想の授業を生徒の前でできなくて悩んでいること。

「悩んでるっていうと大げさかもしれませんが。自分の変えたい部分ですね」

「すごいな、真面目だな、戻田」なああに就職先を選んだ自分と比べて、僕は恥ずかしくなった。

「真面目なのは、ぜんぜんすごいことじゃありません」

褒めたつもりだったのに、戻田は少し悲しそうな顔をした。その表情の意味を聞く前に、階段の下からお母さんが僕たちを呼んだ。

お母さんは僕を地元の友だちとでも思っているのか、塾の同僚であると説明した後でも、小学校はどこだったかとか好きなおかずはあるのかとか、ご両親は元気かなどを質問した。茄子の生姜焼きは薄切りにした茄子に醤油がしみ込みとろとろになっていて、とても美味しかった。僕はご飯をおかわりした。妹はずっと犬に話しかけていた。おかげで僕は犬に話しかける状況にならなくて済んだ。犬は「あけち」という名前で呼ばれていた。

生姜焼きを食べ終わると、戻田は自分もこのまま僕たちの家に帰ると言った。

「二人いれば本棚も運べますしね」

「脱出しないから、要らないよ」

それでも戻田は僕が強がっていると捉えたのか、「大丈夫ですから」と勇気付けるように背中を叩いた。戻田のお母さんが持ち手のクッションにしなさいとタオルを二枚くれる。亥《いのしし》年の記念タオルで、いのししが門松を抱えているイラストが描かれてあった。本が入っていない本棚はそこまで重たくはなかったけれど、持ち手がないので運ぶのには少々苦労した。モキチに応援を頼むと、モキチは自転車で駅まで迎えに来てくれた。カゴに本棚を載せ、両端を僕と戻田が支え、モキチが自転車を押して帰った。家に着くとすぐに、戻田は賞味期限が一日過ぎたエクレアを二個とも食べた。


家の中で一番料理をするのは戻田だ。僕やモキチがいると、素麺《そうめん》や焼きそば、スパゲッティを鍋いっぱいに作ってくれる。最初から皿に取り分けてくれる人がいないので、三人で鍋を囲み、鍋の中身がなくなるまでやや慌てながら黙々と食べる。鍋が空になり自分の皿に盛った分が最後と分かると、やっと酒を飲み始める。みんなまだ、たくさん食べたい年ごろなのだ。

戻田は野菜を切るのがうまく、明太子パスタの上に載っていたシソは、シソ同士が絡まり合うくらい細かった。モキチの誕生日に刺身を買ってきたときなんて、冷蔵庫にあった大根でツマを作ってくれた。「本物のツマじゃんか！」と僕たちは騒いで、その夜だけ戻田をシェフと呼んだ。戻田はそれがすごく嬉しかったのか、紙に『大根・ツマ』と書いた。「次に刺身が出るときに思い出せるようにしようと」と戻田は言った。モキチはげらげら笑って、その紙をキッチンの壁にセロハンテープでくっつけた。これを機に僕たちは、捨てられない紙を壁に貼る習慣がついた。

モキチは大学生のときにスパイスにハマった時期があり、時おり凝ったカレーを作ってくれる。大量に作るので、一度作ったら三日間はカレーだ。しかしそれでも構わないくらい美味しいし、二日目は目玉焼き、三日目はソーセージ、とトッピングを載せてくれるので飽きない。つまり何かと言うと、僕だけが料理をしないのだ。僕は料理が嫌いだ。たいてい腹が減ってから作るので、空腹に耐えながら作ったものが別にうまくもなく安くもないのに、惣菜にしない意味が分からない。だから僕はいつものお礼に、入ったボーナスで二人を居酒屋に連れていくことにした。仕事帰りに誘うと、二人とも着替えてから向かうと言った。その間僕は塾に残って、資料作りを一つ終わらせた。

雑居ビルの二階にある居酒屋に入ると、二人はすでにカウンターに並んで座っていた。初めてゲームを触る子どものように、タッチパネルに表示されているメニューを覗き込んでいる。モキチはTシャツに着替えていたけれど、戻田の格好は塾で見たときと同じ白いワイシャツ姿だった。

「あ、一柳さん来た」

「戻田、着替えなかったの？」

「着替えましたよ、これは三軍のシャツです。ほら、ここに汚れがあるでしょう」

戻田は僕に右の袖口を見せた。居酒屋のオレンジの光の中では目立たなかったが、赤い油性ペンでひっかいたらしい汚れがたしかにあった。その隙にモキチはタッチパネルを独り占めした。

「あとこれ、首のところがちくちくするんです」

「それは三軍だ」

「だからこうやって、首のところを開けて着ます」

戻田はシャツの襟を後ろにぐいっと引っ張って、タグを首から離してみせた。第二ボタンが喉仏に引っかかる。僕はタグのところに何か挟んでやりたかったけど、おしぼりでは濡れてしまうし、紙ナプキンはもっとちくちくしそうだ。

「そういえば今日は、小暑《しょうしょ》ですね。さっき塾のカレンダーで見ました」戻田は言いながら袖を捲る。汚れは見えなくなったが、後ろに引っ張った襟は元の位置に戻ってしまった。

「しょうしょ」

「二十四節気《にじゅうしせっき》って分かりますか。立春《りっしゅん》とか、冬至《とうじ》とか。それの一つです。小さいに、暑いで小暑」

僕はテーブルに小暑と漢字を書いてみる。見たことはあるけど気にしたことはなかった。

「小暑、中暑、大暑」モキチが言いながらタッチパネルで生ビールを注文した。

「なに？」

「中暑はたしか、別の意味ですね」

「ああ、いやうん。ただの癖だから気にしないで」しかしモキチは詳細を聞いてほしそうに鼻の穴を広げて僕と戻田を見た。

「言いなよ」

「人の苗字の場合なんだけどね、俺、『小』とか『大』がついてる名前を聞いたとき、他の組み合わせも考えちゃうんだ。ほら例えば『小森』っていう表札を見たら、『中森』も『大森』もあるっしょ。その、苗字として。『大野』がいたら、ああ、『中野』も『小野』もいるなあって、頭ん中で思うの」

早くも生ビールが来た。みんなカウンターからわずかに身体を離す。店員のネームプレートを見ると、苗字ではなく『ゆゆち★』と書いてあった。

「そんで?」乾杯し、一口飲んでから僕は訊ねる。

「終わり。思ってそんで終わり」

「たしかに小谷だと、中谷、大谷もいますね」戻田は人差し指をぴんと伸ばして言った。

「中田なら小田、大田だろ」

「大西だと小西、中西」

「小澤なら中澤、大澤」

僕は盛り上がっている二人を見ながら、自分も何か例を出したいと思った。しかし二人のペースがすごく早いので、追いつくことができない。それにここまで来たら、少し驚きがあるような苗字を言いたい。こ……小森……は最初にモキチが言ったか。

「小日向は中日向、大日向、ですね」

戻田はモキチに向かって言ってから、僕の方を振り返って大きく肯いた。渾身の一つが出たようなほくほくした顔だった。僕はまだ会ったことのない苗字だったけれど、その顔に押されて「たしかに」と言った。

店内には僕たちが高校生のときに流行ったJ-POPが流れていた。しばらく曲を口ずさんだり、曲について短く感想を言ったりする時間がつづいた。子どものとき、どうしてテレビや街では大人が喜びそうな昔の曲やアニメばかり扱うのだろうと悔しくなったことを思い出した。あれはただ、子どもの僕らがまだ消費者じゃなかったからだ。

「すみません。あの、苗字とは関係ない話をしていいですか？」

注文した餃子に向けてタレを作りながら戻田は言った。苗字の話に関連付けて話す方がよっぽど難しいだろうと僕は思った。

「もちろん」

戻田は酢と胡椒《こしょう》をまぜたタレ皿を奥にやって、両肘をテーブルにつき組んだ手に顎を乗っけた。戻田が俯くと石像にあるような哀愁が漂う。

「俺、講師の仕事が向いてないかもしれないと思ってきていて」

「え、そうなの？」

「すみません、その、お二人には特訓に付き合ってもらったから、非常に申し訳ないんですが」

「それは気にしなくていいけどさ」

戻田が実家から帰ってきた翌週から　僕とモキチは週に一回、戻田の特訓に付き合っていた。頭の中で繰り広げている理想の授業を、生徒の前でもできるように練習相手になっていただきたい、という戻田の願いを僕たちは快諾した。戻田が指定した時間は日曜夜八時からの一時間で、それはいつもなら戻田が欠かさず大河ドラマを観ている時間だった。別に他の時間でも構わないと言っても、「お二人の時間をいただく身なので、俺も何かを犠牲にしないと」と真面目な顔で言った。

戻田の作った手描きのプリントは、辞書かと思うくらい隅から隅まで字で埋まっていた。わずかに空いたスペースには武将や小さな城のイラストが描かれていた。戻田は冷蔵庫に引っ掛けるような小さなホワイトボードも買ってきていて、それを使いながら授業をした。大学受験から歴史の勉強をしていないモキチは、何度も質問をしていた。一時間の授業でプリントは一度も使われなかった。「補足説明がしてあるので読めるときに読んでみてくださいい」と戻田は言った。プリントの文章は分かりやすく、授業時間よりプリント作成時間の方が何倍も時間がかかっていることは一目瞭然だった。字がいっぱいでも、戻田の字が丸っこいからか集中を切らさずに読めた。パソコンで作った方がよっぽど早いだろうけど、おそらくそれでは生徒は読むのに飽きてしまうのだろう。戻田はこのプリントを、毎回の授業で作っているのだと言った。

ゆゆち★がポテトを運んでまた去っていく。僕は戻田の次の言葉を待っていた。モキチも黙ってビールを飲んでいる。戻田は話す程度を迷っているのか、何から話すかを迷っているのか、組んでいる指をランダムに動かしていた。僕は煙草を吸いながら永遠に待ってあげたいと思ったけれど、店内は禁煙だった。代わりにジョッキについた水滴を人差し指で拭って待つ。戻田はポテトを一つつまんで、「すいません」と言いながら喉を整えた。

「俺自身、今の塾に通っていたんですけど」戻田はモキチを向いて言い、タレ皿に視線を戻した。「当時は好きな講師と苦手な講師がいて、好きな講師の授業だと勉強も面白くなりました。逆に苦手な講師の授業だと聞きたいって思わなくて、教科書見て自分で理解して、解けって言われた問題だけ解きました。だからその講師のおかげで何かプラスして勉強になることはなくて。塾講師って学校の先生と違って生徒の成績を直接つけることがないから、塾講師に嫌われたところでなんの問題もないし。……ちなみに一柳先生はめちゃくちゃ人気があります」

「ねえよ」

「たしかにこいつは高二の冬もモテてた」

「限定的ですね」

「僕の話はいいから。それで？」

「あ、はい。自分もいつか塾講師になりたいと思ったのは、今の塾長に憧れてからなんです。塾長は社会を教えていて、暗記科目だと思っていた社会が違うって知ったのも塾長のおかげでした。だから中学卒業してからは、もう将来の夢も塾講師一本だったんですね。塾長みたいになりたいなって、なんなら塾長を継ぎたいくらいにまで思っていました。それに固執していたわけじゃないんですけど、大学入っても気持ちは変わらなかったので、大学三年のときに塾長にそのことを伝えに行きました。なんの試験もなく、いいよって言われました。

だけど仕事が実際始まったら、俺はとっつきにくい顔をしているし、背も高いし、生徒の前に出ると発動する仕事モードの自分は、ぜんぜんうまく生徒と話せないんです。せっかく特訓してもらったのに、生徒の前だとお二人にした授業みたいにはいかなくて。生徒はずっとしんとしています。俺自身、ぶっちゃけ授業をするよりプリントを作る時間の方が生き生きしています。たぶん俺は誰とも話さず、没頭する仕事が向いているんです。

だからか分かりませんが、一柳さんもこの前言ってくれましたけど、プリント自体は時々褒められます。だんだんプリントにマーカー引いてくれる生徒も出てきて。だから俺はこっちで頑張ろうと思いました。プリント一つだって生徒のためになるんだから、そっちで頑張ればいい講師になれるんだと、自分のやる気を出していました。でも押木《おしき》が入ってきて、あ、今年入った新入社員なんですけど、あいつもう、めちゃくちゃ明るいじゃないですか。俺、最初の研修のときに押木に付くことになって、だからあいつがやる初めての授業を後ろから見てたんですけど、もう、俺が目指していたことが全部できてたんですよね。もちろん慣れてないところはたくさんあったんですけど、そういう細かいところじゃなくて、根の部分というか、生徒と接する感じが完璧だったんですよね。生徒たちもすごい楽しそうで。それを見ているうちに、『本当は俺もこういう風な授業をしたかったな』とか『ああ、こういうやつが塾長に向いているんだな』って分かってきて」

餃子が来た。戻田が一つ箸でつまんで、タレもつけずに一口で食べる。

「でも、戻田の授業で成績上がってる生徒もいるだろ。押木と比べなくていいよ」

僕が言うと、戻田は餃子を噛みながら僕を見て肯いた。どれだけ噛んでも光のない瞳は開いたままで、僕の言葉が響いていないことは一目で分かった。

「俺もそう思おうとしました。数多くのいる講師の一員なんだから、自分ができる役割を全うすれば良いんだって。だけど押木を見ていたら、中学を卒業してからずっとなりかった像がそこにあるんですよね。自分にとっての正解がいるんです。それが、自分とかけ離れているんです。仕事が好きで、理想があって、長い間その理想を抱きつづけていたから、押木が俺にとっての正解であることは間違いなくて。そしてそれは、俺が努力してなれるもんじゃなかったっていうのも分かって。俺は、真面目だから、ずっと理想に向かって頑張っていたけど、全部お門違いの努力だったんですよね。自分は違うやり方で行こうと決めたところで、何年も憧れていた像になれないと分かってしまってからは、結構仕事がきついんです」

「そうか……」

僕はうまく何かを言葉にすることができなかった。一緒に住んで分かったけれど、戻田がやることなすことはほとんど仕事に繋がっていた。腹筋しているのは授業で腹から声を出すためだし、流行情報マガジンを買ってくるのは中学生の話を理解するためだし、一緒に映画を観るのは雑談のネタにしたいからだった。僕には考えられないくらい熱心で、そんな戻田が塾長になりたいなら僕は快く部下になろうと思っていた。僕は仕事に理想を抱くタイプではないから、辛さが身に染みて分かるわけではないけれど、あそこまで頑張っている戻田には諦めてほしくない気持ちもあった。

入ってきた押木というのはたしかに明るいやつで、リアクションが良いし、生徒からはすでに名前で「拓真《たくま》先生」と呼ばれている。担当する理科の授業も分かりやすいらしく、夏休み前にもかかわらず親御さんからの評判もいい。静かで淡々としている塾長と性格は違うけれど、押木から出ている揺るぎない自己肯定感のようなものは、時に他人を引っ張っていくのに必要で、それは僕から見るに塾長と近いものがある。

「戻田の作ったプリント、超よかったよ」

ご購入作品名

■この本をどこでお知りになりましたか？

□書店（書店名 ）

□新聞広告 □ネット広告 □その他（ ）

■年齢 歳

■性別 男・女

■ご職業

□学生（大・高・中・小・その他） □会社員 □公務員

□教員 □会社経営 □自営業 □主婦

□その他（ ）

ご意見、ご感想などありましたらぜひお聞かせください。

ご感想を広告等、書籍のPRに使わせていただいてもよろしいですか？

□実名で可 □匿名で可 □不可

一般書共通

ご協力ありがとうございました。

郵便はがき

おそれいりますが
切手を
お貼りください

102-8519

東京都千代田区麹町4-2-6
株式会社ポプラ社
一般書事業局　行

お名前	フリガナ	
ご住所	〒　　-	
E-mail	@	
電話番号		
ご記入日	西暦　　　年　　月　　日	

上記の住所・メールアドレスにポプラ社からの案内の送付は必要ありません。☐

※ご記入いただいた個人情報は、刊行物、イベントなどのご案内のほか、お客さまサービスの向上やマーケティングのために個人を特定しない統計情報の形で利用させていただきます。

※ポプラ社の個人情報の取扱いについては、ポプラ社ホームページ（www.poplar.co.jp）内プライバシーポリシーをご確認ください。

モキチが戻田の顔を覗きこむようにして言う。

「ああ、ありがとうございます。すみません、言わせてるみたいで」

「いや、だから気にすんなって。もしかしたらそのオシキくんって子は、戻田のプリントに嫉妬してるかもしんないじゃん？」

「それは……ないと思います」

戻田は気を遣って口元だけ笑いながら言った。戻田を見ていたモキチと目が合う。モキチは顎をかきながら大げさにへの字口をして悲しい顔を作って、僕から目を逸らした。

タッチパネルを手に取り、追加で酒を注文する。

「僕は、戻田は戻田のままでいいと思うし、もしまだまだ特訓したいならいくらでも付き合うよ」

「はい、すみません。ありがとうございます」戻田は大きく肯いた。もう話を終わらせようとしているみたいだった。

「ちょっと角度を変えてだけどさ、そもそもオシキくんが戻田より給料もらってるわけじゃないんだろ？」モキチが戻田の作ったタレに餃子をべったりつけて食べる。

「はい、たぶん」

「じゃあそこまで悩まなくていいんじゃない？　オシキくんみたいに明るくしないと給料上

がんないならまだしも、同じくらいかそれ以上もらえるんならさ。戻田が頑張ってもできないことを頑張るのは、つらいだけっしょ」

「まあ。たしかに」

戻田の心には響かなかったのか、ボタンを押したら勝手に出たようなうわずった声が出た。たしかに戻田の悩みに金はまったく関係していない気がする。

「あとは戻田の夢は、塾長の職に就くことなのか、オシキくんみたいに明るいやつになることなのか、そこが頭ん中でごっちゃになってんのかもね。塾長になりたいなら戻田みたいなタイプでもいつかなれると思うし、オシキくんみたいになりたいなら、時間が経ってもなれないと思う、ならなくていいとも思う」

「ああ」

流れていたJ－POPがサビにかかった。一方的に言い過ぎたと思ったのか、モキチは空気を変えようとサビの途中だけ軽く口ずさんだ。女性ボーカルの曲だったから、息がサーサー出ているだけだった。

「たしかに、俺は塾長と押木がイコールになっていたんだと思います。でもその事実に気付いた今も、イコールを消すことができませんね……」戻田は両人差し指を使ってイコールの記号を作り、ぐるぐる回す。

「これまでの経験からできあがった憧れけ、簡単に変えられません」

戻田はモキチの変えた空気に乗るように、イコールだった人差し指でドラムのようにテーブルを二、三回叩いた。とてもぎこちないドラムであることに、モキチは気付いていないようだった。

「転職しちゃえば？」

モキチが冗談にも本気にもとれる表情で言った。どっちにとるかは本人に決めてもらおうとしているみたいだった。戻田はモキチの方を見た。どんな表情をしているのかは僕からは見えない。ドラムを叩いていた人差し指は、ぐにゃりとテーブルの端に引っかかっている。

モキチは現代を生き延びる力がすごく備わっている、と僕は思う。たぶん自分に対しての信頼が厚いのだ。普通人間は、分かったところで行動できない。行動してから現状が良くなると確信できるほど、自分を信じられない。今のモキチの話はたしかに筋が通っているように思えたけれど、だからと言ってすぐに転職できる人は、あまりいない。

カウンターの端にある窓から見える空が、やっと暗くなっていた。夏は陽が落ちるのが遅い分、闇が他の季節より濃く思える。窓は網戸になっていたけれど、冷房の風が直撃する僕たちに外の熱気が届くことはなかった。ここは直属の先輩である僕がどうにかしなければいけない。でも身体が冷えていくのと一緒に、僕が後輩を上手に慰めることができない事実がゆっくりと証明されてゆく。

「なんかあれだね。どうやって生徒の成績を上げるかじゃなくて、どういう先生になりたいかだと、仕事の歴でどうにかなるもんじゃないから、むずいね」

僕は苦し紛れに言った。久しぶりに僕が口を開いたから、二人は真剣な眼差しで僕を見つめた。言いながら、言っても言わなくてもいいことが口から出ているなと思った。言わない方が、二人が思う『僕の賢さレベル』みたいなものを保てたかもしれないな、とずるく情けないことも思った。慌ててビールを飲む。

「辞めようとは思っていません」

戻田がそう言うまでに店内を流れる曲は四回変わり、テーブルにあるつまみは全部なくなった。僕たちはそのあいだ、それぞれが戻田のことを考えていたように思う。本当のところは分からないけれど、とにかく誰も席を立たなかったし、誰もタッチパネルを触らずにちびちびと酒を飲んでは息を吐いていた。

「生徒もいますし、辞めるなんて選択肢はなかったですし」戻田はつづけた。

「いいの？　講師以上にすっげー向いてる仕事が存在してっかもよ？」今度は完全に冗談

みたいにモキチは言って、タッチパネルをとりメニューを端から見始める。

「茂田さんは、あ、俺レモンサワーお願いします。茂田さんは、今の仕事はすごくやりたい仕事だったんですか」

「別に。遙はビールでいい？　子どもん頃は毎年夢ちがったなー。消防士とかバスケの選手とかプログラマーとか」

「じゃあ、俺の気持ちはそんなに分からないですね」

「分かんないよ。でも悩みを話してくれたから、解決案を出した」

「そうですよね。それは本当にありがとうございます」

「それは、ってなに？」

「いや、すみません。酔っぱらってます」

戻田が酔っぱらっている風には僕には見えなかった。どちらかというと酔っているのはモキチだった。

「すみません、でも、簡単に辞める方向でものを言われるの、ちょっと悔しいというか」

「それはごめん。でも戻田はさ、苦しみを隅から隅まで見すぎだとは思うよ。これ考えたら自分苦しいなっていうのはさ、見なきゃいいじゃんか。オシキくんのこと考えて悩んで苦しいなら、もう考えなきゃいいんだよ」

「でも仕事場にいるんですよ。いたら考えちゃいますよ」

「だから、辞めればいいって言ったの」

「茂田さんは本気でやりたい仕事に就いたことがないからそうやって言えるんですよ。そんなに簡単に辞めろなんて言われたくありません」

「じゃあお前はやりたい仕事をやっているやつに『つらいけど、頑張れば報われるよ』とでも言ってほしいのか？　それでお前の苦しさは浄化されるのか？　されないだろ。お前はやりたいことが仕事にあって、その仕事に就けて、でも理想にはなれなくて、自分は向いてないことが分かって、どうつづけるかって悩んで、苦しい。そんなのはさ、趣味の中でやれよ」

「まあまあモキチさ」

「仕事は金もらう以外に意味なんてないよ。塾で言うなら金出してんのは親で、親は子どもの成績が上がればそれでいいんだから。お前が抱く理想の講師がどうかなんて、知ったこっちゃないの。お前は給料もらってる以上、金出してる人に応えるべきなの。だからそんなんで悩まないで、自分の授業のことだけ考えろ」

僕は立ち上がってモキチが持っていたタッチパネルを揺らした。戻田はおもちゃを壊されてしまった男の子のような表情をしていた。

た。

「あ……ごめん」モキチはタッチパネルを持つ手を緩める。僕は受け取って真ん中に置いた。

「熱くなっちった、戻田の分は俺が出すわ」

「いや、ここもともと僕のおごりだから」

「ああ、そうだった」

戻田はシャツの袖を静かに下ろした。また赤い油性ペンの汚れが見える。僕はゆゆち★に空調の温度を上げられるかとお願いしたけれど、「ちょっと聞いてきまぁす」と言ったきり戻ってこなかった。僕たちは注文登録だけしていた生ビールとハイボールとレモンサワーを取り消して、店を出た。

コンビニに寄るから先に帰るようモキチは言った。三人で寄ればいいと僕は思ったけれど、戻田は歩き出したのでそっちに付いていく。

「戻田、帰る家はうちで平気？　気まずくない？」

「まあそりゃあ気まずいです」戻田はちょっと笑った。素直な表情だったので僕は少し安心する。

「ごめんな、あいつはあいつで熱くて。ちょっと言い過ぎだったよなあ」

「茂田さんは悪くありません。言ってることが図星すぎて、勝手に俺が食らってるだけです」

「大人だな、戻田は」

「大人ですか？」

「大人だよ」

「一柳さんも大人です。あいだに入ってもらっちゃってすみません。ありがとうございました」

「僕は何もできなかったよ」

モキチはエクレア四つと煙草を買って帰ってきた。煙草は僕に、エクレアは全部戻田へのお詫びだった。僕に買うものが煙草以外思いつかず、金額に差が出ないようにしたら四つになったらしい。戻田はもらったエクレアを三人で食べたいと言った。食べながら暴力映画でも観ましょうと言った。エクレアに暴力は合わないと僕は思ったが、モキチはその逆のことを言った。結局みんなで映画を選んでいる間に、エクレアは全部なくなった。


夏季の避難訓練のすぐあと、僕たちはモキチの働く家電量販店に向かった。今回の訓練のテーマは停電だった。僕たちは部屋を真っ暗にして、エアコンも消して、電気が回復するまで電化製品を使わずに耐えなければいけなかった。携帯の電池も切れたと設定されたので、ただただ電気の回復を祈って待つだけだった。夏の終わりではあったけれど風がないと苛つくくらい暑く、みんなTシャツを脱いですべての窓を全開にし、水に濡らしたタオルを首に巻いて過ごした。目が慣れないうちはフローリングの冷たい部分を探してそこに寝そべることを繰り返した。部屋を移動できるくらい目が慣れてきた頃、床はどこもぬるかった。

途中、戻田が月明かりで本が読めると言い始めた。たしかに暗闇に目が慣れてきた僕たちにとって月明かりはかなり明るいものだったけれど、絵本ならまだしも文字を追うのには光量が少なすぎた。でもいつもより月が綺麗に見えて、それからしばらくは半月より少し痩せた月を三人で見て過ごした。その頃もう僕たちは水風呂に二回ずつ入っていたから、冷たいフローリングを探す必要はなくなっていた。月がマンションに隠れて見えなくなると、訓練は終了した。

次の日、僕たちは懐中電灯と小さな持ち運び扇風機を買いに家電量販店に行くことにした。モキチがまとめて買ってくると言ってくれたけど、僕が断った。単にモキチの働くところを一度くらい見たかったのもあるけれど、それより戻田にそれを見てほしい気持ちが強かった。戻田とモキチの関係は、居酒屋の件以降悪化することはなかったけれど、二人ともほんの少しだけ相手に遠慮するようになっていた。たとえばモキチは乾杯したあとも戻田がコップに口をつけるまでビールを飲まないし、戻田はモキチばっかり狭いロフトでいいのかと気にするようになった。モキチが働いているのを見たところで何も変わらないとは思うけど、それでも僕は戻田を連れて店に向かった。

モキチはなぜか「辻《つじ》」というネームプレートを付けて接客をしていた。僕と戻田がいるのに気付くと手をぶんぶん振っているかのような弾けた笑顔に一瞬だけなり、そのまま接客をつづけた。仕事していてもモキチの話し方は古賀先生に向けるような人懐っこさがあって、初めて見る顔ではなかった。それは少しだけつまらなかったけれど、嬉しかった。

「なんで辻なの」

接客を終えたモキチに近づいて言う。

「今時本名で接客するといろいろ怖いからっつって、苗字変えたい人は変えられるんだよ」

「へえ」

「辻ってかっこいいっしょ？　『牧《まき》』と迷ったんだけど、しんにょうにもう一個点が付いてんのが決め手」

「ふうん」

　僕たちはトレーニング器具を試していた戻田を呼びに行った。そこに行くまでのあいだに、モキチは辻についての他の良いポイント（アルファベットにすると「j」が付くのが良い、清掃チェック表にサインするときに「つ」と「し」をくっつけて書けるから楽で良いなど）を語った。戻田は本気でトレーニング器具を買おうかと迷っていて、モキチは敬語とため口を交ぜながら一つ一つの器具について丁寧に説明した。戻田はモキチが二番目に薦めていた器具を購入した。僕は一緒に来てよかったと思った。同じ種類の扇風機を誰がどの色にするかは、全部戻田に決めさせた。僕は薄紫になった。

　帰ってから僕は日付と一緒に『KADEN』と書いて、『大根・ツマ』に隠すようにして壁に貼った。ただ家電を選びに行っただけだけど、僕はこの日を忘れたくなかった。

　キッチンの壁には他にもかなりの量の紙が貼ってあった。今後行きたい場所、卓上燻製器の取扱説明書、戻田の実家の電話番号、お盆に『ホーム・アローン3』を観ることが決まった十本のあみだくじ、玄関に貼られていた殴り書きの『ゴミ出し9時まで!』、目隠しをして飲んで分かったそれぞれの好きなビールメーカー名、銀のエンゼル二枚、すごく綺麗に書けたモキチの『昼』という字、僕が外国人観光客に道を尋ねられた際に書いた駅までの地図（下手過ぎて受け取ってもらえなかった）、戻田が描いた徳川慶喜《とくがわよしのぶ》の似顔絵、……。

壁だけを見ると僕たちの生活は平凡で平和だった。それを言い訳にはできないけれど、僕とモキチは戻田の体調が少しずつ変化していることに気付くことができなかった。最初の違和感は、戻田の手作りプリントがすかすかになったことだった。僕たちは回数は減ったものの、時々戻田の特訓に付き合っていた。字の大きさ自体はそこまで変わっていないから、空白が目立つプリントになり、武将や城のイラストもなかった。でも元々の文字量が異常だったから、少し方向転換したくらいにしか思わなかった。

戻田は土曜日以外も寝坊するようになった。どんな映画を観てもすぐ泣くようにもなったし、三軍のシャツを間違えて仕事に着て行くこともあった。今思い返せばそれらは戻田にとって大きな変化なのに、一緒に住んでいると「そういう気分なんだな」としか考えられなかった。体調を崩したのだと気付いたときにはもう、戻田の表情は常に布団をかぶっているくらいに暗く、声がこもるようになっていた。ため息だけが大きくて、自分の耳上辺りをざざざっと衝動的に掻くのが癖になった。寝られない日も出てきていた。だけどそのときさえ僕は、疲れが溜まっているだけで一週間くらい休めば回復すると思っていた。だから来週の授業を代わろうかとか、寝られるだけ寝なとか、内科を受診したらとか、そういう直近の問題を解決することしか言えなかった。

しかしまた二週間が経った日、家と駅のあいだにあるコンビニに寄ろうとすると、三時間早く家を出た戻田が喫煙所で何もせずに寄り掛かっていた。まっすぐ目の前の道路を見つめていて、まるで何十年も前に約束した待ち合わせに、相手が来るのを信じて待ちつづけているみたいだった。僕は慌てて戻田のところに駆け寄った。

「戻田、どうした、どこか痛い？」

戻田の目はうつろで、身体が冷たかった。

「ごめんなさい。俺、誰にも迷惑かけたくないんです」

「大丈夫か？　そんな、誰も迷惑と思ってないよ」

僕が何を言っても、戻田からは「迷惑かけたくない」とばかり返ってきた。僕は戻田に一言謝ってから塾に電話をした。事務の了が出たのでとにかく塾長に繋いでほしいことを伝えた。塾長は授業中だったにもかかわらず、タクシーを使ってコンビニまで来てくれた。スリッパ代わりにしている茶色いビニールサンダルを履いたままだった。塾長と二人で戻田を挟むようにしてタクシーの後部座席に乗り込み、僕たちの家に帰った。しばらく仕事を休むように塾長が言うと、戻田は簡単に肯いた。

僕は大変なことになったとやっと自覚した。戻田が急に崩れ落ちていったようにさえ見えたけれど、ぜんぜんそんなことはないのだとこれまでのことを思い出した。自分が情けなくなった。仕事で出られるわけがないてキチに何度も電話して、留守電に何か残そうと思ったけれど毎回何も言えずに切った。塾長と僕はとりあえず仕事に戻ることになった。道中、僕は意味がないのにまたモキチに電話をし、塾長は自分がビニールサンダルを履いていることにやっと気付いた。

仕事終わりに事情を知ったモキチは、ゼリーや滋養強壮ドリンクなどを袋いっぱいに買って帰ってきた。「風邪ではないんだ」と僕は説明しながら、一応戻田にいるかどうか聞いた。今は大丈夫ですと返ってきた。

病院では仕事面でのストレスが影響しているということで、戻田はまず一カ月休職することになった。一カ月のあいだ、僕たちは戻田にたくさん話しかけたり、やっぱりそっとしておいた方がいいのかもと部屋に一人にさせたり、外の空気を吸いに行こうと海に誘ったり、家でゆっくりしようとゲームをしたりして過ごしたが、正解は分からず戻田の調子はほとんど変わらなかった。時々笑うようにはなったけど、歯を見せることはなく、声も出さなかった。秋の避難訓練は戻田の意向で中止した。

僕は少しずつ自分の存在が不安になってきていた。それは自分が奈良進学塾に勤めているからだった。仕事の電話は外に出てから出るようにしているし、仕事の話題は避けるようにしたけれど、どうしたって僕はほとんど毎日塾に行くわけで、その都度戻田は塾の存在をうっすら感じることになる。仕事がストレスの原因になっているなら、それはあまり良いものではないと思った。

「考えすぎだとは思うけど」

僕の部屋で相談するとモキチは言った。最近僕たちは戻田の話をすることが増えてきている。というか二人でいると大半がその話になる。

「それより俺は、遙が戻田に対して気い遣い過ぎてるのが気になってるよ」

「そりゃ、気遣うでしょ」

「でも熱があるとか骨折したわけじゃないんだよ。気い遣うのが精神的に果たしていいものかも分かんないっしょ。俺はむしろ、病気なんてしてないくらいに接するのも良い気がするけど……そうとも限らないしなあ」

「たしかに、そうだよね」

僕がコーヒーに口をつけると、モキチも同じように一口飲んだ。最近僕たちは酒を飲むことも控えていた。戻田が飲んでいる薬はアルコールを避けた方がいいみたいで、それを聞いたら僕たちも戻田の前で飲むわけにはいかなかった。

「俺たち、解散するか?」

モキチはマグカップを揺らして、浮かんでいるコーヒーオイルを見ていた。

「解散?」

「いや、どうだろう、分かんないけど。戻田がこの家にいて回復するならもちろんこのまま良いんだけど、俺たちがちょっと離れたとこにいる方が、戻田も気負いしないかなって思ったりも、しなくも……」

モキチが迷いながら話すのは珍しかった。隣の部屋から音がしたので壁の方を見たけれど、それ以降は静かなままだった。

僕は戻田の実家の部屋を思い出した。すごく温かい部屋だった。おそらくだけど、戻田はまだ家族に今回のことをちゃんと説明していない。もし説明していたら、あのお母さんはこの家に飛んできているはずだ。でも、ここまできて戻田が家族に話していないということは、あまり自分の症状を人に話したくないのかもしれない。

「戻田は家族にまだ話して――」

と言ったところで、家族に話さないまま戻田は回復できるだろうかと疑問に思えてきた。今大事なのは戻田の体調だ。そしてもし家族に話すなら、戻田は実家にいた方がいい気がする。僕たちが戻田の実家に行くのと、戻田のお母さんや妹が僕たちの家に来るのでは、圧倒的に前者の方がお互い気が楽だ。解散か。僕は解散を受け入れるために、三人で暮らした日々を思い出そうとした。この空間が急になくなるのは僕には耐えられず、ゆっくり何日もかけて受け入れる必要があるように思えた。でも待て、勝手に解散を僕たちで決めていいのか？　解散するかどうかは、戻田の希望を一番に優先するべきなのではないか。

「解散については戻田が――」

でも果たして戻田に決断のエネルギーはあるだろうか。それに戻田はきっと僕たちを気遣って解散を選ばないだろうし、選んだとしても罪悪感を持ってしまうかもしれない。それは回復の妨げになる。

「やべ、待って僕も分かんない」

「よし！　解散だ」モキチはあぐらをかくと両膝に手を置いて言った。バスケ部引退試合で負けた日のミーティングと同じ顔をしていた。僕は肯こうと思って頭を下に向けたまま、それを上げられなかった。

しかし戻田は僕たちの提案を一蹴した。

「なんでそうなるんですか」と笑った。それでも僕たちがうじうじしているから、戻田もつられて泣きそうになった。それを見た僕たちが慌てると、戻田はまた笑った。少し歯も見せて笑った。

戻田は実家に帰り、僕とモキチはこの家に住みつづけることになった。戻田は最初、「一時的に実家に帰ります」と言った。だけどすぐに「やっぱり戻らないと思うので俺の部屋は茂田さんが使ってください」と訂正した。モキチは黙ってグーサインを出した。

僕たちはまた寿司パーティーを開くことにした。前に発表したそれぞれの好きなネタをモキチは覚えていて、テーブルにはサーモンと鯖と鯵の刺身が並んだ。キッチンに三人並んで寿司を握りながら、戻田はゆっくりではあるが、この一カ月分を取り返すくらいに喋った。最近音を出さずに屁ができる、という訳の分からないことまで喋った。しめに僕の淹れたコーヒーを飲んだ。それがこの家で三人揃って食べる最後の食事だった。


「一柳さん、その辺座っちゃってください」

僕はフローリングに敷かれた幾何学《きかがく》模様のカーペットに腰を下ろした。これまでカーペットの下に見えていたのは畳だったから、多少違和感のような寂しさがあった。二度目になる戻田の部屋は、見慣れたエアロバイクもあり、以前より座るスペースが限られていた。でも部屋には日差しが届いて明るく、秘密基地のような和らぎがあった。戻田は僕が着ていた上着を受け取ると、エアロバイクの持ち手にかけた。

「戻田それ、ぜんぜん乗ってないだろ」僕はエアロバイクを指さす。

「めちゃくちゃ乗っていますよ」

「乗ってるやつは、そこに上着かけないね」

「じゃあ見ますか?」

戻田は僕の上着を畳んでロフトベッドの端に置き、エアロバイクを漕ぎ始めた。一緒に住んでいたときも漕いでいるところは見たことがなかった。戻田はかなりのスピードでペダルを漕いだ。早送りで映像を見ているようだった。大げさなモーター音が鳴る。一階にも振動が伝わるのか、下からミニチュアダックスフントが吠え始めた。

「分かった、分かったよ」

「それならいいんですけど」

戻田がエアロバイクから降りると、少ししてからミニチュアダックスフントの鳴き声も止んだ。戻田は元気そうだったけれど、エアロバイクを漕ぐのを見て「元気そうでよかった」と言うのは違う気もした。

僕たちが会うのは二カ月ぶりだった。僕とモキチが戻田に連絡をしても、しばらく返信がこなかった。体調が悪くなってから戻田にはその傾向があったが、一緒に住んでいたときは家に帰れば会えたので問題なかった。返信を待たずに戻田の家に行くわけにもいかず、僕たちは同居をやめてから早速自分たちの決断を後悔した。

戻田の部屋の入口には新たに加湿器が置いてあって、それだけがこぽこぽと音を立てていた。湿度は六十二パーセントもあるらしいが、表示を見ていると六十一パーセントに下がった。僕から何か話しかけるべきだけど、今の僕はこれから始まる春期講習の準備をしているくらいで、戻田と住んでいたときと生活に変化はなかった。だから自分の話をして、その中の何かが戻田を傷つけてしまいそうで怖かった。戻田がエアロバイクを漕いでいる間に話題を考えておけばよかった。足を伸ばして、ロフトベッドのはしごを意味もなく触る。

戻田は戻田で、僕が持ってきたエクレアの入った袋を覗いてはやめて、窓を開けて網戸だけにしたかと思えば、また窓を閉めた。外は窓を開けた方が気持ちがいいくらい暖かかった。戻田は網戸にすることに決めたようだった。風が少し届いただけで、みるみるうちに湿度は下がっていった。もしかしたらこの加湿器の数字は正確ではないかもしれない。戻田はまたエアロバイクに跨った。跨るだけで漕がない。

「また乗るんだ」僕は笑ってみた。それが変にぎこちなくて、前まで戻田に接していたときの態度はこれで合っているのかと不安になる。戻田は窓の外を見ながら「乗ります」と言った。それから一回転だけペダルを漕ぎ「ご心配をかけてすみません」と、今回の体調不良について説明し始めた。

「誰のせいでもないんです。一柳さん、変に責任感じてそうですけど、もちろんお二人のせいではないし、むしろ二人は恩人です。で、押木のせいでもないんです」戻田は顔を僕に向けたが、僕を見ているわけではなかった。少し照れた顔をして、また窓の方を向く。

「頑張っても仕方ないかもと思ったら、生き甲斐がなくなってしまったんです」

「生き甲斐？」

「俺はずっと、塾で仕事することが生き甲斐だと思ってたんです。けど、そうじゃなくて、努力して頑張る、それ自体が生き甲斐だったんです」

僕は肯く。

「なりたい像に、努力して頑張ってもなれないことが分かったから、心が折れてしまったんだと思います。この先、努力の方向を変えれば塾でも働きつづけられると思うんですが、別に働くのは塾じゃなくても、俺が努力できる場所ならいいんじゃないかなとも思い始めていて。復帰を待ってもらっていたら申し訳ないんですが」

「僕は戻田と元気に会えるのが一番だから、すごく、いいと思うよ。塾長もそう思ってると思うし」

「はい。塾長もこの前来てくれたんです。二人で話してたら、そう思い至って」

「そうか、よかった」

「すみません、ありがとうございます」戻田はエアロバイクを漕ぎ始めた。「それで、あの、一柳さんには、もう俺のこと心配しないでほしいんです」戻田は声を張っていたけれど、モーター音より少し小さい声量だった。

「俺のこと心配しないでほしいです」戻田も声量が気になったのか、今度は僕の方を向く。

「え、うん？」僕は座り直すようにして、エアロバイクに少しだけ身体を寄せる。

「もちろん心配すると思うんですが、でも、心配されると俺は、心配される気持ちになってしまうといいますか、回復してきて心配がいらなくなっても、人から心配されると、そうだ俺は心配される人間なんだって思って、戻ってしまうといいますか」

「うん、うん」

「そうするときっと俺は、一柳さんとも疎遠になってしまうから、あんまり心配とかは……その、今後もでき……、家に来たりとかしてほし……」

戻田の声はどんどん小さくなり、漕ぐスピードはどんどん速くなっていったから、後ろの方は聞き取れなかった。だけど言いたいことはなんとなく分かった。戻田が望むなら、病気したのを忘れるくらいのことは簡単だった。

「漕ぐの早えし、聞こえねえよ」

僕が言うと戻田は「え?!」と聞き返してきたので、僕は笑って大きな声で「分かった！」と叫んだ。戻田は「でけえ声……」とひるんだように漕ぐのをやめたけれど、すっきりした表情は柔らかく、それは窓の外に見える暖かな景色とすごく合っていて、僕は帰ったら久しぶりにこのことをメモしようと思った。それから壁に貼ろうと思った。

僕はスマートフォンを取り出して写真を撮る。撮れば戻田が嫌がると分かっていても撮った。戻田は予想通り「やめてください」と言ったけど、僕はもう一枚撮った。ぶれぶれの戻田とエアロバイクが写っていた。僕は二枚目をモキチに送った。すぐにモキチから「まぜてほしい」と返信が来た。それを戻田に伝えると、戻田は実家の住所を言った。僕は繰り返し聞きながら住所を打ち込み、「あとシュークリームたくさん買ってきて」と付け加えて送った。

ピンクちゃん

うちのインターフォンは、押しているあいだ「ぴーん」が鳴りつづき、離すと「ぽーん」が鳴るタイプで、「ぴーん」が五秒も続いたら押しているのは中原《なかはら》さんだ。玄関の穴から外を覗くと、白髪交じりの髪を短く後ろできゅっと結び、宇宙柄のはんてんを着ている中原さんがいそいそと身体を揺らして立っていた。手ぶらで来ているのは初めてだった。

「こんばんは」

私がドアを開けると、中原さんは仲間が助けに来てくれたように嬉しそうな顔をして、

「一〇一号室の中原ですけど、ちょっとお時間ある？　鍵を見てほしいの」と両手を擦り合わせて言った。中原さんは私の部屋を訪れるとき、毎回必ず「一〇一号室の」と付ける。

「鍵、ですか？」

「あなたのお部屋は大丈夫かしら、なんだかあたくしの部屋ね、鍵が閉まらないの」

中原さんは私の部屋のドアノブに触れないようにしながら、指でドアノブの周りに円を描いた。

「中から鍵がかからないってことですか？」

「あらごめんなさい、外からかかるか確認してないわ」

「んっと、とりあえず見ましょうか」

私の部屋から隣の一〇一号室までは四メートルくらいで、その間に私の安いマウンテンバイクと中原さんのママチャリが置いてあるから、かなり窮屈だった。中原さんのママチャリは後ろにもカゴがついていて、それはどう見ても近くにあるスーパーのカゴなのだけど、どうやって手に入れたかは分からない。廊下の天井にある電灯周りには虫が数匹飛んでいる。

一〇一号室の玄関は、ドアが閉まらないように黒の厚底スリッポンが引っ掛けてあった。私がそれに気付いたのを見て中原さんは、「閉まっちゃったら、入れなくなっちゃうと思って」と照れたように言って、スリッポンを動かさないようにしてそっとドアを開けた。中原さんの部屋の中は見たことはなかったけれど、横目で確認しても真っ暗で何も見えなかった。

「ね、ほら、回せないの」

中原さんの言う通り鍵は壊れていて、内側からレバーを回してもボルトが出てこない。外側からも試しましょうと私は言ったけれど、「それで開けられなくなったら怖いわ」と中原さんが反対するのでやめた。

「大家さんに言って修理してもらいましょうか」

「そ、そうね……」中原さんは急にしなびたように身体を丸くする。

「どうしました、言いにくいですか」

「そんなことないのよ、でも、今もう遅いじゃない。三木《みき》さんって早起きだから、言うのは明日にしようと思って。それでね、その……あなたのお部屋に一日泊まれないかしら」

「えっ、うちですか」私は露骨に顔をしかめてしまった。「うちは狭いですよ、あ、いや、中原さんの部屋と一緒の大きさですが」

「はい……」

「私、まだ大学の課題が終わってないので、寝るの遅いと思いますし」

「はい……」

「布団も一組しかないですし」

「お布団は、あたくしのを運びます……」

中原さんはなかなか頭を上げなかった。私は他に助けることができる人がいないか見回したけれど、もちろん誰もいなかった。遅いと言ってもまだ十八時を過ぎたところで、明日の朝一で修理してもらうためにも大家さんにまず言った方がいいと思った。それを伝えると中原さんははっと顔を上げ、青ざめた表情でものすごい数のまばたきをした。

私たちが住んでいるハイツMは木造二階建てのアパートで、オートロックなんてものはなく、ハンドルを回せば開くだけの無意味な門扉がついているだけだった。門扉はいちいち閉めるのが面倒なくらいで、開けっ放しにする配達員もたまにいるくらいだ。一階はその門扉の先に短く湿った通路があり、そこに三部屋並んでいる。私の部屋の奥にある一〇三号室には、室内でも野球帽を被るおじさんが住んでいる。大家さんと引っ越しの挨拶をしたときに被っていて、偶然なのだと思ったけれど、ゴミ出しのタイミングが一緒になるときもいつも野球帽を被っていた。おじさんが先にゴミを捨てる際は、ゴミネットを上げたままにしてくれるので悪い人ではないと思う。だからと言って、一〇三号室に中原さんを預けるわけにはいかない気がする。二階にも同じように三部屋あるけれど、二階に繋がる階段は門扉の外にあるので誰にも会ったことがない。人が住んでいるかどうかも知らない。

中原さんはだんだんと両手を握り合わせていき、お祈りのポーズを作った。中原さんの手はごつごつして肉感があって、紙粘土で作ったみたいだった。私は中原さんを受け入れることに決めた。中原さんに何かあれば後悔しそうだったのが三割、いつもお菓子をもらってばかりで後ろめたかったのが三割、私に染み付いたお姉ちゃん気質が反応したのが一割、残りは中原さんから香る、靴屋のようなゴムの匂いが私の祖父母の家と似ているからだった。中原さんからは、いつもこの匂いがする。

「はあぁぁどうもありがとう」中原さんは私の右肘あたりにそっと手を置こうとし、やめた。

布団を敷くスペースが必要だったので、私はさっそく中原さんを部屋に入れて、手伝ってもらうことにした。

「あら！　おトイレが右で、お風呂が左なの？　うちと逆だわ！」入るなり嬉しそうに中原さんは言う。

「そうなんですか」

「そう、なんだか不思議ね。同じお部屋じゃないみたいね！」

私は曖昧に返事をした。私も中原さんの部屋を見たらそう思うのだろうかと考えた。

ハイツMは一部屋が1Kだ。玄関を開けると一畳半くらいの横長の台所スペースがあり、左手にシンクとガスコンロ、左右の端にトイレとお風呂、目の前の引き戸を開けると六畳間がある。綺麗な長方形をした六畳間なので、家具が置きやすい。私は身長に合わせて買った小さな組み立て式ベッドを部屋の真ん中に置いて、なんとなく部屋を二分割にしている。左側はテレビと本棚があるくつろぎスペース、右側は机と椅子がある勉強スペース。どちらも狭いけれど、一人で過ごす分には問題ない。

「あなたすごくお部屋綺麗にしてるのね！　きっと几帳面な性格が手相にも出ているんじゃないかしら。手相、見てあげます」中原さんははんてんの袖を捲った。

「ありがとうございます。でも大丈夫です。ベッド端に寄せたいので、そちら持ってもらえますか」

「はいかしこまりました、でもね、三木さんの手相も見たことあるのよ。あの人ね、やっぱりお金持ちの線が出てたんだけど、それが二本あったのよ！　だからきっともっとお金持ちになるわ」

「へえ、すごいですね。じゃあ、せーので向こうの端に寄せますね」

「時々ね、あの家の前にジャガーが停まってるのよ、見たことある？　真っ白なの。あたくし車はあまり知らないですけどね、ジャガーは分かるのよ。あなたジャガー見たことある？」

「たぶん、あります。じゃあいきますよ、せーの」

「それはいいわね、はいせーの、何このベッド見た目より重たい」

私が引っ越してきてから一年半、中原さんとここまで話す機会はなかった。中原さんは私より先にこのアパートに住んでいた。お菓子をもらうようになるまでは、時おり挨拶を交わす程度で、「ベランダに洗濯ハンガーでドライフラワーを干しているおばあさん」という印象しかなかった。だけど中原さんが働く100円ショップに偶然私が客として行ってから、中原さんは月に一度くらいのペースで私にお菓子を持ってきてくれるようになった。賞味期限が近く廃棄されたお菓子とか、同じパートのなんとかさん（毎回名前が違った）からのお土産とか。学生である私にとって、タダの食料はかなりありがたかったので、遠慮なく頂戴していた。

「それじゃお布団運ぶ前に、シャワーも浴びちゃおうかしらね、お借りするのも悪いから。申し訳ないですけど、あたくしの部屋で少し待っててもらうことってできるかしら？　泥棒が入ってきたら、ノックであたくしに教えてくれる？　でもあなたは先に逃げなさいね。テレビとか踏んづけて、ベランダから出ていいですから」

だからこんなに中原さんがおしゃべりなのは知らなかった。意外に力持ちなのも、ひどく内股なのも、小さなくらげのネックレスを触る癖があるのも知らなかった。

「待つのは大丈夫ですが、課題やりたいのでパソコン持っていってもいいですか？」私は中原さんの部屋を見てみたくて了承した。

「もちろんよ。パソコンできるなんて、あなたインテリね！」

一〇一号室の台所には、天井から吊るされた飾りが無数にあった。フェルトでできた折鶴や花、クマのマスコット、貝殻などがそれぞれ連なっている。一度飾ったら外さないタイプなのか、ハロウィンやお正月をモチーフにしたものもあった。たしかにトイレとお風呂の位置は逆だった。でもそれより、知っている空間に知らない物が溢れている方が不思議だった。

すっ、と中原さんが引き戸を開ける。がたがたいう引き戸はこのアパート全体の問題かと思ったけれど、一〇二号室だけのようだ。見えた六畳間を陣取っていたのは水槽だった。両手でぎりぎり囲いきれないくらいの大きさで、薔薇みたいな艶のあるヒレを持った金魚が数匹泳いでいた。水槽の下にはレジャーシートが敷いてある。そもそもこの部屋は全体に布が敷かれていて、フローリングが見える所がなかった。布はレースカーテンくらい薄く、布の端と壁を緑の養生テープでくっつけてある。テープを貼らなければ、布は簡単にずれてしまうのかもしれない。壁には内科や眼科や100円ショップの電話番号、曜日ごとにしなくてはいけないことが書かれた紙が貼られていた。

小さなテレビや除湿器など家電はいくつかあったけれど、家具は丸いローテーブルが一つあるだけだった。私はそこにノートパソコンを置く。服は見当たらなかった。たぶん私と同じように、すべて押し入れにしまってあるのだろう。このアパートの押し入れは、本気のクリスマスツリーだって入るくらい大きい。

中原さんは水槽の横に腰を下ろすと、「ちょっと金魚に話しかけてもいいかしら……」

と詫びるように言った。私はそれを拒否できるほど意味を理解できず、なんとなく肯く。

「ふう」中原さんは大きく息を吸った。

「ダイヤちゃん、キツネちゃん、マジカルちゃん、ハジッコちゃん、お隣さんですよ。今日は一緒に寝られなくてごめんなさい、みなさん仲良くしていてください」

とても早口だった。私に手を向けて紹介したので、私は中原さんと金魚たちを交互に見た。金魚は落ち着きなく水槽を動き回るので、誰がダイヤちゃんで誰がハジッコちゃんか分からなかった。

「ごめんなさいね、話しかけないと、この子たち眠れないの」

「はあ、そうなんですね」

「それでもう一つお願いなんだけど」中原さんは六畳間を出て、風呂桶を持ってくる。

「ピンクちゃんだけ、あなたのお部屋に一緒にお邪魔してもいいかしら」

「え、えっと、うちですか。うち……は水槽がないです」

「この桶で我慢してもらうわ。でもやっぱりだめよね、正直に言ってくれていいのよ」

「えー……と」私は金魚がうちに来ることを想像した。どこに置いても桶がひっくり返る映像しか浮かばない。

「こぼしちゃうと思います、私、寝相悪いし……」自分でも下手な誤魔化しだと思った。

だけど中原さんは何度も肯いて桶を床に置いた。

「えっと、どの子がピンクちゃんなんですか」

ずぶ濡れになったような表情の中原さんが可哀相になって、質問してみる。中原さんは私が「金魚によっては連れていく」つもりで言ったと思ったのか、前のめりになって「この子よ、綺麗でしょう」とピンクちゃんを指した。ピンクちゃんらしき金魚は指に驚いて水槽の奥に逃げた。

ピンクちゃんは、ヒレがピンク色だからそう名付けたらしい。他の名前の由来も訊ねると、ダイヤの輝きを持っているからダイヤちゃん、テレビでキツネが出ると毎回反応するキツネちゃん、時々いなくなるからマジカルちゃん、いつも隅にいるからハジッコちゃん、ということだった。説明が終わってからも私は、ピンクちゃんを連れていくとは言えなかった。だけど中原さんは満足そうにシャワーを浴びにいった。風呂上がりの中原さんはオレンジのタオルを頭にぐるぐる巻きにしていた。

夜ごはんは中原さんが定食屋さんで出前を注文してくれた。「ここのおうどんが美味しいの」と言うので、私は肉うどんをお願いした。出前が来るまでのあいだ、私は課題もやらずに中原さんと押し入れの整理をした。それは中原さんの部屋の押し入れではなく、私の部屋の押し入れだった。どうしてこんなタイミングで整理を始めたのか、配達員の人が六畳間にちらりと目をやるまで考えもしなかった。おそらく中原さんの座布団を押し入れから出そうとしたとき、一〇一号室の押し入れがあまりにも綺麗だったことや、探しているポータブル充電器が押し入れのどこかにあることを思い出したんだと思う。

　中原さんは押し入れから出てくる物に対して、「お姫さまが使う鏡だわ！」とか「このマフラーならそのままイオン行けるわね！」とか、その都度褒めてくれた。それらが褒め言葉だと分かったのは、毎回目を真ん丸にして私が喜ぶかどうかをじっと確認するからだった。それほど気に入っていない置時計も褒めてくれたのであげることにした。一度は断られたが、おそらく今後も使わないことを伝えると、「じゃあ使う日まで、大事にお借りするわ」と置時計を頬にくっつけた。

「このおうどん、スーパーのと噛む回数がぜんぜん違うと思わない？」中原さんはずっとオレンジのタオルを巻いたままにしていた。

「たしかに、こしがありますね」

「二十回噛んでも、まだ噛めるのってすごいわよね！」

「まあ、たしかに」

　食べている物の感想を言いながらご飯を食べるのは久しぶりだった。ちらりと中原さんの方を見ると、中原さんはずっと私を見て話していたようで、すぐに目が合った。私を見つめながら、つまみ食いをするようにそろそろともう一本うどんをすする。一本は長かった。

「人とご飯食べるのって、久しぶり。なんだかお正月みたいね」中原さんは両手で口元を隠しながら言う。

「お正月ですか？」

「お正月は東京にいる娘がね、お家に呼んでくれるの。四階に住んでるのね。だからリビングから夕陽が沈んでいく様子が見えるのよ。窓がおっきいからね、座っていても見えるの」

「そうなんですか、えっと」

娘さんと一緒に住んでいない理由を聞こうと思ったけれどやめた。代わりに中原さんの真似をして、麺を一本丸々すすってみる。口いっぱいになった。

うどんを食べ終わった中原さんは、皿洗いを済ませ早々に布団を敷いた。頭に巻いていたタオルを取ると、まだ完全に乾ききっていない髪が肩に下りた。

「お部屋から新しいタオル持ってくるわ」

「あ、私のドライヤー、使っていいですよ」

「あら嬉しい！　でもいいの。ついでに貴重品も持って来なくちゃだから」

たしかに防犯面を心配するなら、一刻も早く貴重品を持ってきた方がいいと思った。そしてそうなると、金魚たちも連れてきた方がいいような気もしてくる。茶色のタオルを頭に巻き、ナップザックを抱えてきた中原さんに玄関先でそれを伝えると、中原さんはこれ以上出せないくらいの高音で「マア」と言ってナップザックを抱えたまま一〇一号室に戻った。

「ピンクちゃん、この方。朱夏《しゅか》ちゃんって言うのよ」

本来はすべての金魚を運びたいところだったけれど、水槽にはぎりぎりまで水が入っていて、二センチ動かしただけで水がこぼれた。揺れる水槽の水と、レジャーシートにできた小さな水たまりを見て、「ピンクちゃんだけでも連れていけたら十分」と中原さんは言った。ピンクちゃんはプラスチックの風呂桶でも優雅に泳いでいた。

私はいつも柿元、と苗字で名乗っていたから、中原さんに名前を知られているとは思わなかった。中原さんをじっと見たけれど、中原さんは私の視線に気付くことなく、ナップザックから銀行通帳を出して口座残高を確認したり、鈴を出して鳴るかどうか試したりしていた。鈴からはクルミを振ったような鈍った音がした。

「私の名前、よくご存じでしたね」我慢できず聞いてみる。

「え？　だって、さっきノートで見たわよ。くりいむ色でA5サイズの。日記かしら？　めざせ現役合格って書いてあったけど」

「えっ」

それはその通り、私が高校生のときに受験の辛さを綴った日記だった。毎日同じような愚痴と受験が終わったらしたいことが書かれているだけなんだけど、捨てるのは当時の自分に悪い気がして残してあった。

「か、勝手に見ないでください」

「いやだ、ごめんなさい。でもね、ぺらっとしか捲ってないのよ？　それで字がいっぱいだったから、ありゃ、こりゃすごい！　と思って、すぐ閉じたの」

「日記を勝手に見るのは、だめです」

「そうよね！　ご、ごめんなさい……」

中原さんはだんだんと声を小さくしながら頭を下げた。下げたといってもサラリーマンがするような角度のついたお辞儀ではなく、亀みたいに背中を丸めて首を縮めようつむくお辞儀だった。きちんと揃った手の指までがしょんぼりしていて、私は簡単に許してしまった。それでも中原さんの元気が戻らないので、私はスマートフォンで音楽をかけた。年末の歌番組に出ていたアーティストにしたから中原さんも知っていると思ったけど、初めて聴く曲だと言った。だけどだんだん元気になってきて、何曲目かには手をグーにして、ラジオ体操をするみたいに曲に乗ってくれた。それから交互に好きな曲をかけた。中原さんは沢田研二《さわだけんじ》をリクエストするとサビだけを歌った。

朝七時頃、短くインターフォンが鳴った。私はコンタクトをつけていなかったから時間が見えなかったけれど、七時前だと断言していいくらい窓の外は白く晴れやかで、何より眠たかった。部屋の脇を見ると中原さんの布団が畳まれてある。

昨晩私は、中原さんが寝たあとにシャワーを浴び、ピンクちゃんが入った風呂桶を台所から浴室に移動させ、台所で課題を終わらせた。随分遅くまで課題をやっていたように感じたけれど、中原さんが寝たのは九時過ぎなので私も十二時頃には寝ていたと思う。台所にはシンクとコンロの間に大きな調理台がある。真っ平らではないので字を書くには向いていないけれど、ノートパソコンで作業するのはなんの問題もなかった。

「三木です。おはようございます」

玄関を開けると、ゆるくパーマがかかったショートカットの大家さんが立っていた。すでに口紅を綺麗に塗り、水色のチェック柄をした綺麗なエプロンをつけている。先月の家賃は払っているはずだし、ゴミ出しの曜日も守っているはずだから、なんの用かは分からなかった。私は眠気もあってぽかんとしたまま軽く会釈する。

「聞きましたよ。中原さんの鍵の件」大家さんは腕を組むように両肘を手のひらで隠して言った。

「ああ、私も内側からしか試してないんですけど、たしかに回せないようになってて――」

「大丈夫でした？　お宅に泊まったって聞きましたけど」

「ああ、大丈夫ですよ、楽しく過ごしました」中原さんが悪者になりそうだったので、私は急いで笑って言う。

「あの人、一度わたしの家にも来たことがあったんですけどね。それもこちらが招待したわけじゃなくって、中原さんの娘さんからのいただきものだって届けてくれたの。お部屋じろじろ見られて、どうしましょうなんて思っていたら、手相が見たいと言い始めて。しっちゃかめっちゃかの手相……披露されたわ。ほらあの人、お孫さん亡くしてるでしょう。きっとその後からなのよね。ちょっと変になっちゃっているんだと思います。あなたもしつこくされないように気を付けなさいね。何かあれば、わたしにすぐ言ってくださいよ。これも大家の役目ですから」

「はあ」

「大変だったでしょう。昨日のうちに気付けなくてごめんなさい。鍵の修理の人はあと二時間でいらっしゃいますから。このたびはありがとうございました」大家さんの眉は一筆書きをしたかのように細く、眉をひそめると下にある筋肉が動く様子がよく分かった。

中原さんをそこまで悪く言うのは単純に疑問だった。大家さんはよく小言を言う人で、前にも私が下着をベランダに干していたり、通路のマウンテンバイクが端に寄っていなかったりすると叱りに来たことがあった。私は中原さんのお孫さんのことが気になって、誤解を解くこともできずにただ立っていた。そのあいだに大家さんは「ではね」と言って、門扉のハンドルを音も立てずに閉めて帰っていった。

昨晩は寝る直前までおしゃべりだった中原さんだけど、お孫さんの話は一度もしていなかった。娘さんについては、好きな食べ物や仕事内容、動くフラガールのおもちゃを車のダッシュボードに置いていることまで話していたのに。

さっきよりも、空が白くなっているように感じる。早く眼鏡をかけるかコンタクトをして、正確な景色と時間を確かめなければならない。だけどそんな気は起こらなかった。

門扉の向こうにある一方通行道路のコンクリートには朝日が当たっていた。中学生らしき子が通る。中原さんのお孫さんは、何歳くらいだったのだろう。中原さん自身が年齢不詳だから、まったく想像ができない。私のおばあちゃんが亡くなったのは喜寿《きじゅ》のお祝いをしたすぐ後だった。そのとき中学二年生だった私は、妹と一緒に花束を買いに行った。おばあちゃんの欲しい物っていうのがぜんぜん思いつかなくて、というか欲しい物なんて全部もう持っている気がして、結局花束を買った。私も妹も名前に赤い色を意味する漢字が入っていたから、いろんな種類の赤い花をあげた。喜寿のテーマカラーが紫色であることはそのあとに知った。花束はそのまま病室に飾られて、おばあちゃんより長く生きた。

目をぎゅっとつむる。さっきまでそこにあった大家さんの眉の下の筋肉を思い出した。叱られたわけではないのに、中原さんを迷惑に思っていると勘違いされたこと、その誤解を解けなかったことが私を疲弊させた。がしゃん、と門扉が開く音がする。

「あら見ちかっちゃった！」

目を開けると中原さんがトートバッグ片手に立っていた。

「あっ」私は中原さんに何から話せばいいか分からず戸惑った。「すいません、今まだコンタクトしてなくて」

「作戦成功だと思ったのに」中原さんは中原さんで、よく分からないことを言う。「惜しかったわ」

「何がです？」

「内緒で朝ごはん買ってこようと思ってたの」中原さんはトートバッグの中身を見せた。

コンビニのおにぎりやサンドイッチが入っていた。「サンタさんみたいに、朱夏ちゃんが寝ているあいだに枕元に置こうと思ったんだけど、こんなに早起きとは知らなかったわ」

「いつもはもっと遅くまで寝ています」

私は大家さんが来たとは言えなかった。

「じゃあ今日はたまたま早起きだったのね！　あたくしお部屋を出るとき、朱夏ちゃんを起こさないように忍者になったのよ」

「忍者ですか」

「ちょっと上向いていて。行くわよ、ほら！　あたくしの足音聞こえないでしょう？」

言う通りに私は上を向いたから、視界の下で中原さんの頭が上下するのが見えた。

私たちは一〇二号室で一緒に朝ご飯を食べた。中原さんは鮭おにぎりを二つ、卵サンドを二つ、おはぎを二つ買ってきたので、私たちはまったく同じ朝ご飯だった。食べ始める前に時間を確認すると八時四十分だった。中原さんがお孫さんについて話すことはなく、私も聞けないまま食べ終えた。布団とピンクちゃんを一〇一号室に運ぶと、今回のお礼だと言って中原さんはハンドクリームをくれた。たぶんそれもコンビニで買ってくれたのだろう。無香料でべたつかないとパッケージに書いてあった。私はもらってすぐにハンドクリームをつけることにした。「中原さんもつけますか？」と聞くと、つける習慣がないのかいそいそと両手を出したので、私は両方の手の甲に少しずつクリームをつけてあげた。中原さんはうふふと笑って擦りこみ、手の匂いを嗅いだ。私は中原さんが話をするまで、お孫さんについては考えないようにしようと思った。

中原さんは自分のことを忍者だなんて言ったけれど、大学での私はほとんどそんな感じだった。講義が終わると誰とも話さずにそそくさと帰るか、図書館に籠る。友だちはいなかった。何か問題があっていなくなったのではなくて、最初から作れていなかった。

中学や高校には少人数だけど今でも会う友だちがいる。その人たちとどうやって友だちになれたかは忘れてしまった。おそらく自然になっていた。自然に友だちができることを不思議にも思わなかった。

だけど大学に入ってから、友だちの作り方が分からなくなってしまった。私の大学に固定のクラスがないのと、サークルに入らなかったのがすごく大きい。というか、ほとんどそのせいだと思う。でもそれだけではなくて、私は目の前に友だちになれそうな人がいても、何かと理由をつけて話しかけるのをやめてしまっていた。もしかしたら何かで衝突するかもしれない、趣味が合わないかもしれない、仲良くなるまでの過程が長くなるかもしれない、と頭で考えてしまう。それは私に友だちを作った経験や喧嘩した経験、友だちの前で失敗した経験があるからだと思う。もしかすると目の前の人とすごく仲良くなれるかもしれないのに、喧嘩も失敗もしたくないと思うと、声をかける勇気が出てこない。

だから中原さんに対し、たった一日の中で、怒ってみせたり困ってみせたりするのは私にとって珍しいことだった。そうやって自分の感情を見せても大丈夫だと思うこと自体が久しぶりだった。中原さんとは仲が悪くなっても支障がないと思っているからか、私が怒っても仲は悪くならないと確信しているからかは分からない。後者だといいなと思う。

ハイツMの郵便受けはそれぞれの部屋のドア裏に付いており、縦はランドセルくらいあるのに奥行きが指三本分しかないので、ハガキ以外の郵便物はほとんどドアの外にはみ出している。一人暮らしを始めてから、郵便受けにあるものがすべて自分宛てということに興奮したけれど、たいていはチラシだし、私宛てだとしても大学の資料や電気料金の明細とかつまらないものばかりだった。それでも私は郵便受けから何かが飛び出ていると、何か素敵な物が私宛てに届いたのではないかと期待してしまう。

今回はみ出ていたのは、痩身《そうしん》を勧めるチラシと一冊のノートだった。糸綴じされたノートはA5サイズで、広告にしては厚すぎる気がした。チラシをゴミ箱に捨てながらノートの表紙を見ると、それは広告ではなく交換日記だった。表紙に「こうかんにっき」とわたあめみたいな文字で書かれている。その文字をクマとチューリップのイラストが囲んでいた。

私は今、誰とも交換日記をしていなかった。そもそも交換日記って学校内で渡すもので、家のポストに入れるものではなかった気がする。もし大学の人だったらどうしようと思ったけれど、大学に私の家の住所を知っている人はいない。

ぱらぱらとめくると、全体的に曇り空のような暗い色使いだったが、一応カラー印刷がされていた。左のページには長い文章が書けるように罫線が引かれており、右のページには「グッドニュース」「バッドニュース」「ラブトーク」「きょうみたゆめ」と記入欄が設けられていた。おそるおそる一ページ目を開くと、メンバープロフィールを書く欄があったがそこには何も書かれていなかった。代わりに次のページを油性ペンで書いたのか、裏移りした文字があった。ページをめくる。

十月八日　きょうのたんとう【中原直子】

本日から交換日記を開始しようと思います。あなたの日記を勝手に開いてごめんなさい。可愛いお名前だと思ったのよ。朱夏ちゃん！　そのおかげで、交換日記を思いついたのです。好きなときに書いてくださいね。書いたら、一〇一号室のポストにいれてください。三木さんにも回そうかと思うけれど、きっと忙しいわよね？今日はこれから、ゆめの屋に行ってフェルトを買います。ハロウイーンに向けて、飾り物を作るのです！

グッドニュース　交換日記が始まること

バッドニュース　壁掛け時計の電池が止まりました

読み終わってから一〇一号室がある方の壁を見た。特に音が聞こえてくることはなかった。もう一度文章に目を通す。中原さんの字は、果たし状の方が似合うと思うくらいに達筆だった。「！」や「？」がなければ、中原さんの声で再生されなかったと思う。二つのニュース欄以外はすべて空白で、ラブトークの欄にはいびつなハートマークが描かれていた。

気が抜けて、ゆっくりと首を回す。麦茶を一口飲んでから、ノートを持って隣のインターフォンを押しに行った。覗き穴で私を確認する間があり、「はいはい！」とドア越しに声がすると中原さんははんてんの紐を結びながら出てきた。フリスビーを持ってきた犬のようにキラキラした目をしていた。

「読んだかしら？　あ！　あなたもう書いたの？　それね、ポストに入れてくれればいいのよ。もちろんピンポン押してくれてもいいのだけど」

「ごめんなさい、まだ書いてないですが……これは一体なんでしょう？」

「何って、書いてあるじゃない、交・換・日・記！　１００円ショップで見つけたのよ。書き方分からない？　これ、良いことがあったらこの、『ぐっどにゅーす』に書くの。夢は、見なかったら書かなくていいですから。ほらここ、あたくしも書いてないでしょう？」中原さんは私からノートを取り上げ、粘っこくカタカナを発音しながら説明した。

「あ、書き方とかは分かるんですけど、なんでするのかなっていうか」と言うと、中原さんは短く息を吸ってから悲しそうに目をふせたので、「その、するのはぜんぜんいいんですけど」と慌てて付け加える。

「だってせっかくお隣同士なんですもの。三木さんはきっと忙しいから難しいわよね。念のためその答えも書いてね」

「大家さんはできないと思いますよ」

「あらもう、朱夏ちゃんったら、書くこと全部言っちゃうんだから！」中原さんは嬉しそうに言って、じゃああたくしと朱夏ちゃんの名前だけ表紙に書きましょう、と油性ペンを持ってきた。そのまま台所の調理台で自分と私の名前を書き始める。私の部屋と同じ波打つ調理台なのに、ちゃんととめはねを守った綺麗な字だった。中原さんは一文字書くのにもすごく時間がかかった。

「私、回すの遅いかもですけど、いいですか？」

背中を見ながら言う。中原さんは顔をかなりノートに近づけて字を書いていた。

「もちろんよ！」中原さんはすばやく顔をあげる。「いつでもいいんだから！　書き方が分からなければ、またこうやって聞きに来てくださいね！　あ、それから鍵は午前中に直りました。本当にお世話になって、感謝、感謝だわ」

言っているあいだも油性ペンを表紙につけたままにしていたから、名前の横に大きな黒丸ができた。私はノートを受け取って自分の部屋に戻り、その黒丸に耳をつけてクマにした。

数時間後、私が味醂《みりん》と醤油と酒で味つけをした炒め物を食べ始めたとき、また中原さんがやってきた。この味つけは一度料理サイトで見て覚えてからというもの、ずっと繰り返し作っている。それまで塩コショウしか使わなかった私が、初めて覚えたちゃんとした味つけだった。これなら材料がなんであれ形になるし、三日なら続けても飽きない。今日炒めたのは茄子と豚肉。

中原さんはお風呂から上がった後なのか、タオルを頭に巻き付けていた。私は交換日記を取りに来たのかと思って、まだ書いていないことを申し訳なく思った。でもそれが言葉になる前に、「連日ごめんなさいね」と中原さんが口を開いた。それから声を落として、どうやらまだドアの鍵が直っていないのだと私に告げた。ひそひそ話す中原さんの声は聞き取りにくくて、普通に話すように促すと、「だって三木さんに聞こえたら悪いでしょ、せっかく直してもらったのに」と言った。本当に直っていないならすぐに大家さんに知らせるべきだと思ったけれど、中原さんはそれをしたくないのだろう。私は部屋に中原さんを招き入れた。入るなり中原さんは鼻を動かして「いい匂い」と料理を褒めてくれた。

「今日もうち泊まります？」

鍵の状態を聞いて私は言った。自分でも宿泊の提案をすぐにしたことには驚いた。中原さんも同じだったのか、「マア」と高音を出した。まだベッドは端に寄せたままだったから、布団とピンクちゃんを運ぶだけでよかった。一〇一号室の鍵は固く、回しにくくなっていた。無理やり回せば閉まりそうだったけど、きっと中原さんの不安は、一度閉まったくらいじゃ消えないだろうと思って、試さずそのままにした。

「お邪魔してばかりで、夜ごはんもご馳走できなくてごめんなさいね」

「別にいいですよ、明日提出する課題もないですし」

「ありがとうございます。お好きに過ごしてね！　あたくしもヨガやったら寝ますから」

私は中原さんの言葉に従い、五話まで観ていたドラマを観ることにした。四つん這いになってヨガらしきことをしている中原さんに簡単にあらすじを説明すると、ヨガを中断して一緒にドラマを観ると言った。

「ヨガをしながらでもいいですよ」

「あたくしね、こう見えてヨガするとすぐ寝ちゃうの」

中原さんは私よりもドラマを楽しんだ。ただ住宅街を歩くだけのシーンでも「今のお家、河野《こうの》さんのお家とそっくりね」とドラマに関係ない話をした。河野さんとは中原さんの行きつけの美容院で働く人らしく、そのまま河野さんがどの保険に入るか迷っている話もした。でも中原さんがそうやって話をするのは何でもないシーンだけで、ラブシーンは目を見開いて黙り、主人公が泣くと中原さんも泣いた。一人で観るより楽しくて、次の回も一緒に観た。その後も「もう一話だけ」を繰り返して最終第十一話まで全部観た。

「こんな夜ふかし久しぶりよ。あなた明日は学校ないの？」

時計は十二時を少し回ったところだった。私は明日二限の講義をとっていたけれど、授業自体も楽しくないので行く気が失せていた。しかし中原さんは学校があるなら早く寝なさいね、とベッドに寝転ぶよう促し、上から毛布をかけてくれた。私はまだシャワーを浴びる前だったけれど、かけられた毛布がいつもより暖かく感じて、それを退けてまでシャワーを浴びたいとは思わなかった。

「なんか、楽しかったですね」

私は言った。それは中原さんも楽しんでいただろうから言えた。中原さんはすぐに「とってもね！」と返してくれたから、本当に楽しかっただろうかと心配することもなかった。中原さんの表情は暗くて見えなかったけれど、目を真ん丸にしていたに違いなかった。

「でももう寝なくちゃね。あなたすぐ寝られそう？」

「どうでしょう、努力しますが」

「そしたらあたくし、朱夏ちゃんが寝るまで子守唄を歌ってあげます」

「子守唄ですか？」

中原さんは山頂で叫ぶ前のように鼻から大きく息を吸った。中原さんなら大声で歌うこともやりかねないと思って身体を起こすと、聞こえてきたのは鳥の囀《さえず》りにも負けそうな小さな歌だった。

「ね〜ん〜ね〜ろ〜、ね〜ん〜ね〜ろ〜、ね〜ろ〜や〜んや〜。……ね〜ん〜ね〜ろ〜、

ね〜ん〜ね〜ろ〜、ね〜ろ〜や〜んや〜〜」
　中原さんは笛を吹くように一音一音長く伸ばして歌った。裏声を使う中原さんの声には
いつもの甘ったるさがなく、カーテンから漏れる月明かりとＤＶＤレコーダーが表示する
デジタル時計以外暗闇である部屋でそれを聴くのは、一種の怪談のようで笑えた。だけど
声の最後の方が震えていて、中原さんが一生懸命歌ってくれていると思うと愛おしくも
なってきた。
「ね〜ん〜ね〜ろ〜、ね〜ん〜ね〜ろ〜、ね〜ろ〜や〜んや〜。……ね〜ん〜ね〜ろ〜、
ね〜ん〜ね〜ろ〜、ね〜ろ〜や〜んや〜〜」
「……これがずっと続くんですか?」
　私は中原さんの息が続くかが心配になって、恐る恐る遮る。
「え?　あ、違うわ。チョウチョが出てきたり、太鼓が出てきたりするもの」
「へえ」私は歌を止めてしまったことを申し訳なく思った。「中原さんが考えた子守唄で
すか?」
「あらいいえ。親から代々受け継がれているのよ!　あたくしも娘に歌ってやったわ。娘
は孫に歌わなかったけれど」
「そうなんですか」

中原さんの口から直接お孫さんの存在を聞くのは初めてで、少し緊張した。もし亡くなったことを聞いていなかったら、私はすかさずお孫さんの質問をしたと思う。だからここで質問しないことは、私がそれについて知っていることを示してしまう気もして焦った。

「代々なんて、いいですね」ゆっくり中原さんの方に顔を向ける。私の目はすでに暗闇に慣れていた。中原さんは首元まであげた布団の端を握っていた。表情までは見えない。

「だから代わりに自分で孫に歌ったわ。これが不思議でね！　本当に寝ちゃうのよ。だけど娘が『その歌やめて！』って言うの。だから娘に聞こえないように、小さい声で歌ったのよ」

「何歳のときに歌ったんですか。その、お孫さんが」

「いくつからだったかしら。小っちゃい頃からずっと歌ってたのよ。十四歳まで」

「十四歳」

「ええとね、もういないの。今生きてたら、あなたと同じくらいだったわ」

「そう、なんですね」

「背が伸びるのが早くてね。あたくしの髪をいじるのが好きだったのよ。三つ編みにしてくれるときもあって。うまいのよ、教えたことなかったのに。学校で習うのかしら」

「かわいいですね」

「かわいかったわ」

すうすうと、中原さんが呼吸する音が聞こえる。子守歌の続きのように、ゆったりと吸い、ゆったりと吐く。

「私も、中原さんみたいなおばあちゃんがいました。料理が、上手でした」

「あらっ。朱夏ちゃんのおばあさんになれるなんて、幸せね」

「そうでしょうか」

「そうよ、とっても」

中原さんはうふふと笑って、もう一度子守唄を歌った。途中、また中原さんの声は震えていたけれど、それは息が続かずに震えているわけではなさそうだった。私はもう止めることはせず、ただ目を閉じて聴いていた。歌詞にはたしかに蝶と太鼓が出てきたけれど、一音一音長く伸ばして歌うので、それらが何をしたかは聴き取れなかった。中原さんは同じ歌を繰り返し歌い、次は私の名前を歌に入れ込んだ。私は自分の名前を出されたのを聴いて意識を取り戻した。たしかにこの歌は眠りにつく効果があるのかもしれない。

うとうとしながら、私も小さいときはおばあちゃんに寝かしつけてもらっていたことを思い出した。私たち姉妹はいつも、おばあちゃんに背中を掻いてもらいながら寝ていた。おばあちゃんの手はかさかさで、それで背中を掻かれると孫の手よりも断然気持ちよく、私と妹はおばあちゃんの家に泊まるたびに、どっちが背中を掻いてもらうかでよく喧嘩した。この前の夏休みは妹だったから今回は私、と順番を覚えているほど掻いてもらうのを楽しみにしていた。

それほどのことを、どうしてか私は忘れてしまっていた。普段おばあちゃんを思い出すときは、一緒にご飯を食べたことや、人生ゲームで遊んだこと、服を買いに行ったことが先に思い出されて、背中を掻いてもらっていたことまで辿りつけなかったのかもしれない。買ってもらった服みたいに、思い出すきっかけになる物もない。同じように忘れてしまった思い出が他にもあると思うと悲しいけれど、どうしようもなかった。

中原さんの声は次第にとろりとしてきた。名前はいつの間にか私ではなく「リリちゃん」になっていた。私が寝るまで中原さんの歌は続いたような気がするが、それが現実か夢の中のことかは分からない。

十月九日　きょうのたんとう【朱夏】

昨日中原さんが泊まりに来ました。中原さんは歌が上手ですね。私も小さい頃、自分のおばあちゃんに手で背中を掻いて寝かしつけてもらってたことを思い出しました。

今日は大学を休んでしまいました。休まなきゃよかったなーと思います。それからですが、油性ペンで文字を書くとこんな（←）（↓）風に裏うつりしちゃうので、水性ペンとかエンピツで書くのがおすすめです。

グッドニュース　子守うたを歌ってくれたので寝つきがよかったこと

バッドニュース　授業を休んだ

ラブトーク　×

きょうみたゆめ　見たかもしれないし見てないかもしれない

十月九日　きょうのたんとう【中原直子】

ポストががたがたって鳴ったとき、交換日記だと直感しましたよ！　そしたらやっぱり！　当たりました。新聞のときはすとんと鳴るから、音が違うなと気付いたんです。ペンのことごめんなさいね。100円ショップで水性のペンを買ったので、これからはいろんな色で書きますね！　100円ショップは何でもあるからおすすめですよ。それから朱夏ちゃん、大学に行けなかったんですね。休むことだってあります。それを反省しているなんて、あんまりズル休みをしたこと、あなたないのね？　ズル休みをするときは、外に出るのがいいですよ！　晴れの日だって、雨の日だって、外に出るのです！
グッドニュース〜↓が明日も朱夏ちゃんに訪れますように！
バッドニュース　体重がまた増えました
ラブトーク　織田信長をやってる役者さんがスキです！
きょうみたゆめ　？

十月一一日　きょうのたんとう【シュカ】
昨日は散歩につきあってくれて、ありがとうございました。家電を見に行くのは楽しいですね。壁かけ時計の電池も買えてよかったです。中原さんがお気に入りのスカートをはいて来てくれたのも嬉しかったです。歩きやすいクツのことも教えてくれてありがとうございました。私も足腰が悪くなったら買います。あと大家さんにカギのこと言えてよかったですね。次は完全に直るといいのですが。また困ったことがあれば言ってください。
グッドニュース　めっちゃあったかかった
バッドニュース　洗濯機ほしいけど買えなかった
ラブトーク　織田信長をやってる役者は月9にも出てますよ

きょうみたゆめ　見てない

十月一一日　きょうのたんとう【中原直子】

鍵の修理の人がやってきました！　今直してくれています。書いているのが見られたら、修理の人もやりたくなっちゃうかしら⁇　電気屋さんでのお散歩、楽しかったわね！　朱夏ちゃんの萌葱色のあみあみのベストも、とてもかわいかったです。

それと昨日、

たった今修理の人が帰りました！　文章が途中になってしまいましたが、なんて書こうとしてたのかしら。きっとお洋服のことです。思い出すまで待っていたいけれど、それだと朱夏ちゃんの日記が読めないので、諦めますね！

グッドニュース　鍵が直りました

バッドニュース　私は電子レンジが欲しかったです！

ラブトーク　夢に織田信長が出てきました！

きょうみたゆめ　織田くんとお米を炊きました

十月一六日　きょうのたんとう【しゅか】

回すのが遅くなってしまいました。中原さんに会う機会が多いので、書こうと思ってたことを全部話してしまって、書くことがなくなってしまいます。小学校のときも交換日記をしていましたが、なかなか回せませんでした。私は足が速かったので、三つ同時に誘われて交換日記をしたことがありました。回さず持っているとちょっとユーエッ感？　があって、つい止めてしまいました。大人になってからやるのは初めてです。二十歳を過ぎたからって自分が大人かは分かりませんが。とにかく次はがんばってすぐ書きます。

グッドニュース　おかしがおいしい

バッドニュース　めっちゃ雨

ラブトーク　中原さんは初デートでどこに行きましたか

きょうみたゆめ　ずっと階段を上る夢

十月一七日　きょうのたんとう【中原直子】

朱夏ちゃん！　書いてくれてありがとうございます。回すのが遅くなっても良いんですよ！　それに、意味のないことを書いたって良いのです。私はこの交換日記が初めてですが、孫がお友達としていたのを一度見せてもらったことがありますよ！　大人になるのは年齢だけではなくて、ある日すとんと、大人になったと思う日が来ますよ。私の場合はなんだったかしら？　母親と仲良くお茶を飲んだときかしら？　理由はなんでもいいのです。とにかく急に、ずっと不思議に思っていたことが分かったり、ずっと苦手だったものが平気になったりするのです。

グッドニュース　朱夏ちゃんから日記が来た！

バッドニュース　お洗濯が外に干せませんね

ラブトーク　喫茶店に行って、ボウリングに行って、また喫茶店に行きました

きょうみたゆめ　マル秘よ！

それ以降も中原さんは、私が書いた当日か次の日に必ず交換日記を回してきた。だから私の鞄にはいつも交換日記が入っていた。私は大学にも交換日記を持っていくようになった。もちろんその存在を誰かに話すことはなかったし、授業中に取り出すこともなかったけれど、交換日記というのは新しく買った手帳のようにみずみずしく、それを手元に置いておくと、私の気持ちは幾らか晴れやかになった。

鍵が直った後も、中原さんはちょくちょく私の部屋にやってきた。たい焼きを二つ買っ

たからと訪ねてきたのが最初だった。中原さんは給料日にたい焼きを食べると決めているらしい。ちょうどポイント二倍デーだったと言っていた。中原さんは買い物をするとき、別の種類のものを買って誰かと分ける考えがないらしく、そのときもつぶあんを二つ買ってきた。私もあまり人と分け合うのが好きじゃないし、たい焼きはつぶあんが一番美味しいと思うから嬉しかった。私はその日も味醂と醤油と酒で味付けをした炒め物を作っていて、中原さんは「いい匂い」とまた料理を褒めてくれたあと、「好きなのね、その味」と鼻だけで前回と同じ味付けであることを見抜いた。これしか知らないのだと伝えると、中原さんはオイスターソースを持ってきて、次は味醂の代わりにこれを入れてみてと教えてくれた。

「同じ分量でいいから。お肉とピーマン入れたらチンジャオロースよ」

その日を境に、中原さんは一緒にご飯を作ろうと私の部屋に来た。「みそ・酒・砂糖」とか「醤油・酒・砂糖」など三つしか調味料を使わずに味付けを教えてくれるので、私も簡単に覚えることができた。そのまま私の部屋に泊まっていくことも増えた。私たちはラジオ番組を聴くとか、新しく始まるドラマのどれを観るかを決めるとか、今まで私が一人でしてきたことを一緒にしたし、新聞の天声人語《てんせいじんご》を切り抜くとか、花を逆さに吊るしてドライフラワーを作るとか、中原さんが一人でしてきたことも一緒にした。私は中原さんが隔日でテレビ体操をしていることを知ったし、中原さんは私がどうしても寝付けないときに腹筋することを知った。

長い春休みに入る直前だった。大学から帰ってくると、アパートの前に車が停まっていた。ピンクゴールドの色をした車体に、きりっとした吊り目のライトがついた四人乗りの小さな車だった。練馬《ねりま》ナンバーのその車は見覚えのないもので、車高より高い位置に誰かの後頭部が見える。茶色い髪が根元まで綺麗に染まっていた。

「よかった、帰ってきたわ。おかえりなさい」

車の陰に隠れていた大家さんが、私を見るとわざとらしく笑顔になった。おかえりなさいと面と向かって言われたのは初めてだった。

「ど、どうも」

足早に去ろうとすると、大家さんは「お時間いい？」と右手を上げた。大家さんの隣には茶色い髪の女性が立っていた。長い髪は左右均等に巻かれていた。背が高く、ストライプのシャツをスマートに着ている。車と似たきりっとした顔で、厳しくて嫌いだったピアノ教室の先生を思い出した。ピアノの先生の髪型は、教室に飾られていたバッハの絵にそっくりだったけれど、目の前の女性にバッハのような毛量はなかった。大家さんが笑顔になってもひとつも表情を変えず、すぐに説教を始めそうな雰囲気があった。

「お世話になっております。一〇一号室の中原直子の娘です」女性は頭を下げて言った。

「あっ、どうも！　……いつもお世話になってます」

私が挨拶したあとも、娘さんはぜんぜん頭を上げなかった。大家さんはお辞儀の長さに違和感がないのか、わずかに肯きながら娘さんを見ている。

「え？　っと……」

ちらちら大家さんを見ても、なんの補足説明もしてくれない。会話が聞こえたのか、一〇一号室から中原さんが出てきた。私は少し緊張が緩んで、助けを求めるように中原さんを見た。中原さんは酸っぱいものを食べたように口をつぼめて鍵を閉め、音を立てないようにして門扉を開け閉めした。そのあいだ、一度も私を見なかった。まばたきが速いので、目が合っても会話することはできなかった。

「本当に、申し訳ございませんでした」

「えっと、何がでしょう……」

「申し訳ございません」娘さんは頭を下げたまま繰り返した。券売機のアナウンスのように一定のスピードだった。

「いや、あの、頭上げてください」

「お母さんも頭下げて」娘さんは横目で中原さんを見て、顎で指図する。中原さんは私を見ながら、「ごめんなさい……」と萎《しお》れていく花のように小さくなった。

「えっと、すみません、なんの謝罪か分からないです」

「もう十分ですから、頭上げてくださいな」大家さんが穏やかな口調で言うと、娘さんはすぐに頭を上げた。中原さんもその姿を見て真似をする。

「このたびは母が大変ご迷惑をおかけしました」娘さんは、今度は頭を下げずにまっすぐ私を見て言った。会ったときからずっと表情が変わらない。

「中原さんにはお世話になってますが、なんの迷惑もかかってないですよ」

私が言うと、大家さんが通訳するように続けざまに「こうやって言ってくれる子だから、よかったわ」と微笑んだ。「隣人とはいえ、学生の自宅に何度も押し入ることはやめましょうね。いいですか？　中原さん」

「はいぃ……」

「え、いやいや、待ってください」

ぷっ、と短くクラクションが鳴った。トラックだった。アパート前の道は狭く、小さな車同士でも二台同時に通ることはできない。娘さんは道を空けるために車に乗り込んだ。

中原さんが前に話していた、動くフラガールのおもちゃはダッシュボードのどこにもいなかった。

「どういうことですか？」

　車がT字路を曲がってから、私は大家さんに聞く。

「これで大丈夫よ。あなた辛かったわよね。気が付くのが遅くてごめんなさい。これじゃ大家失格だわ」

「別に困ってなかったですよ。中原さんとはお友だちですし。ね？」

　振り返ると、もう中原さんはいなかった。

「本当に優しい子。でもこのままだったら、きっとあなた危なかったわ。こういう洗脳って、一度入ったらなかなか抜け出せませんから」

「洗脳？」

「あなたにずっとつきまとっていたでしょう。次またあなたに何かしたら、引っ越していただくことも考えるとお伝えしましたから。あの娘さんは話が通じる人でよかったわ。あなたももう遠慮しないで、何かあったらすぐ言いなさいね」

　大家さんは私の肩に手を置いた。骨ばった手で肩をなでられると、本当に私を心配していることが伝わってきた。私は困惑しつつ、もう一度中原さんとの関係を伝えた。今度は洗脳されていると思われないように、ゆっくりと説明した。しかし大家さんは、患者の言うことを一通り聞いてくれるお医者さんみたいに優しく肯くだけだった。

車をどこかに置いてきた娘さんが、紙袋片手に戻ってきた。私にもう一度謝ってから、その紙袋を渡す。大きさの割に重たかった。娘さんは大家さんに丁寧に謝ると、一〇一号室には寄らずに帰っていった。車を出てから戻るまでの時間を誰かと競っていると思うくらい、数秒の出来事だった。大家さんは娘さんの姿が見えなくなると、ぐっと両方の拳を丸めて私を応援するようなポーズをとり、「ではね」と囁いて家に入っていった。

私の頭はまだ混乱していた。とりあえず紙袋の中身を見ると、箱には羊羹が入っているらしかった。賞味期限が短い。私と中原さんの付き合いを大家さんが知っていたとは思わなかった。もちろんこそこそ会っていたわけではないけれど、二人でいるところを大家さんに見られたことはない。

大家さんはなんと言って中原さんの娘さんを呼び出したのだろう。その前に中原さんを注意したりしたのだろうか。中原さんはどれくらい傷ついてしまっているだろうか。私は大家さんが家に入ったのを確認してから門扉を開け、一〇一号室のインターフォンを押した。フローリングを擦ってこちらに向かってくる音と、覗き穴を確認する間があってから、「開けられません……」と声が返ってきた。弱々しい声だった。

「大丈夫ですか、中原さん。ごめんなさい、大家さんが変な誤解をしていて……大丈夫ですか？」私は郵便受けを指で押して、隙間に向かって小さく言った。中原さんの気配がすぐ近くにあった。「私は中原さんと会うのすごく楽しいですよ」

「朱夏ちゃん、ごめんなさいね。あたくし、迷惑かけちゃってたのね」

「迷惑なんかかかってないです。またいつでも来てください」

「ありがとう。でもこれ以上ご迷惑かけたくないわ。優しい言葉をありがとう」

「だから、迷惑かかってないですって。ほんとです」

「ありがとう」

中原さんは郵便受けから指を二本出した。指は第一関節までしか見えなかった。私はその指を握った。かさかさで、もらったハンドクリームを塗ってあげたいと思った。だけどそうする前に、中原さんは指をひっこめた。郵便受けが閉まり、金属と金属が鈍く当たる音がした。


私はそれから何度も中原さんの部屋を訪ねたけれど、中原さんは郵便受けから私を見ると、「ごめんなさい」と「ありがとう」を繰り返すだけで出てこなかった。娘さんと大家さんの言うことを信じ切ってしまっているらしい。交換日記は、娘さんが来た日の朝に私が回していたから中原さんの手元にあるのに、それを回してくることもなかった。

数日してから、私はもう一度大家さんの誤解を解こうと家を訪ねた。大家さんは「寒そうな格好して！　早く入りなさい」と私をすぐに家の中に入れた。

「あれから中原さんは大丈夫かしら？」

「そのことですが、私と中原さんは友だちなんです。だから会わせないって決まりを――」

「うん、うん大丈夫よ、分かっています。落ち着いて」

大家さんは何も分かっていないくせに、すべて分かったような笑顔になった。私はとっくに落ち着いていた。肯く大家さんの手にたくさんのごつごつした指輪がついていることに腹を立てているくらいだった。大家さんは私の話を聞く前に、中原さんの娘さんから聞いたことをそのまま話した。中原さん、娘さんが嫌がっているのに、お孫さん――あ、下の子の方ね――を勝手にどこかに連れていったり、勝手にご飯を食べさせたりしていたんですって。あなたにしているのと一緒よね。娘さんも我慢できなくなって、むしろよくそこまで我慢したと思いますけど、それで別居することにして、娘さんが許可を出すまで中原さんはお孫さんに会わせない決まりにしたそうよ。よかったわよね、ちゃんと一線引けて。

私は話を聞きながら、もう自分と中原さんの仲をどれだけ話してもこの人には通じないのだと悟った。中原さんに私を信じるよう説得するのも無駄だと分かった。だから大家さんの話が終わるとすぐに挨拶をして家を出た。大家さんの家の門扉はハイツMより何倍も重くて、把手《とって》がライオンの形をしていた。開けっ放しにしたら風ですごい音を立てて閉まるだろうから、そのままにしてやろうかと思った。でもそうしたところで中原さんに会えるわけじゃないのでちゃんと閉める。雑に閉めたけれど、音はぜんぜん響かなかった。

中原さんと観ようと決めたドラマは、一話だけ観たけれど面白くなかった。中原さんが試しにメールを送ったラジオ番組は、読まれたかどうか知らないまま聴くのをやめた。100円ショップの前を通らないように帰る道を変えた。バイトは賄いが付いているところに変えた。学年が上がって三年生になると、ゼミの授業が始まった。毎日同じ教室に通ううちに、ご飯くらいは一緒にできる友だちができた。

中原さんと会わなくなっても私の一日はしっかり二十四時間あって、遅くなったり早くなったりすることなく確実に一日は二十四時間で終わった。そうしていくうちに私の中にあった中原さんへの想いは少しずつ端に押しやられ、少しずつ存在を弱めていった。交換日記が手元にあったなら、見るたびに中原さんを思い出したかもしれないけれど、その心配もなかった。

先にハイツMを出ることになったのは私だった。大学を卒業し、実家の近くにある塾で数学の講師をすることになった。妹が中学のときに生徒だった塾だ。中原さんとは会わなくなってから二年近くが経っていた。そのあいだに後ろ姿を玄関前で二回見たけれど、中原さんは私の気配を先に察したのか、一回とも逃げるように走っていった。忍者みたいだった。

引っ越しの挨拶を中原さんにするか迷ったけれど、野球帽のおじさんにもするのだから、同じように挨拶すればいいという結論に達した。菓子折りを買って、全く同じ文章でメモを二通書き、両隣の玄関の把手に掛けた。一〇一号室のインターフォンを押そうと思ったけれど、拒否されるのが怖くてやめた。

次の朝に両隣を確認すると、菓子折りは二つともなくなっていた。安心と少しの寂しさを感じた。大家さんにも挨拶しようと外に出ると、玄関の把手にビニール袋がかかっていた。新聞記事が透けて見えている。

新聞は一面の記事だったが、新聞自体が主役なのではなく何かを包んでいるみたいだった。中身は薄い。ビニール袋から取り出すと、新聞の一部が切り取られていた。私は左横を見た。一〇一号室から気配を感じ取ることはできなかった。

新聞を剝がすと、懐かしい表紙が出てくる。ノートをぱらぱらめくる。書かれている最後のページは昨日の日付だったが、中原さんは娘さんが来る前にもすでに書いていたようで、中原さんの担当ページが二枚続いていた。

娘さんが来る前の中原さんの日記には、梅が咲いたら見に行きたいこと、そのときは給料日の二〇日でなくてもたい焼きを買って行きたいこと、ラジオにメールを送ったことをパート先の人にもう自慢してしまったことが書かれていた。グッドニュースの欄には笑顔の梅の花の絵、バッドニュースの欄は泣いているたい焼きの絵が描かれていた。

私はなかなか次のページを捲ることができなかった。これまでの思い出をすべて塗り替えてしまいそうで怖かった。でも見ないわけにはいかなかった。息を吸いこみながら捲る。そこには一緒に過ごしたことへの感謝が端的に書かれていた。文章が短すぎてできたスペースには、カラフルなペンで私の似顔絵が描かれていた。グッドニュースやバッドニュースは空欄だった。

似顔絵はまったく似ていなかった。それは中原さんの絵が下手とかそういう問題じゃなくて、私はもう髪を短く切ったし、前髪はぱっつんではないし、中原さんの前でよく着ていた緑のベストも捨ててしまった。中原さんがイメージする私は、もういなかった。

私は新聞と交換日記を部屋に置き、大家さんに菓子折りを渡しに行った。大家さんが話しているあいだ、私はずっと中原さんのことを考えていた。中原さんと同じように、私が想像する中原さんと今の中原さんは違うのかもしれない。もっと老けているかもしれないし、宇宙柄のはんてんは着ていないかもしれないし、手はすべすべかもしれない。

でも想像の中原さんと現実が違っても、私はまったく構わなかった。どの中原さんだって、中原さんには変わりないから。でもその逆だと――中原さんが想像する自分が現実の自分と違うと、なぜか寂しかった。私は二年前の私より成長していて、少しは大人っぽくなっていて、中原さんにはそれを知っていてほしかった。まだすとんと大人だと思う日は来ていないけれど、日本酒を味わってみたり、車の免許を取ったりして、私も大人かもとじわじわ思ってきていることを伝えたかった。

大家さんへの挨拶を終えて、私は一〇一号室のインターフォンを押した。中から気配は感じられなかった。１００円ショップに行けば会えるだろうか。でも会って、何を言えばいいんだろう。私は中原さんがお店のエプロンをつけて働いているのを思い浮かべてみる。中原さんの頰には九州のようなシミがあった。長く生きてきている証のようで、私はそれをかっこよく思っていた。シミはたぶん今も同じところにあると思う。いや、どうかな、ないのかな。

私は交換日記を一枚破って中原さんと同じくらい簡潔に文章を書き、郵便受けに入れた。部屋に戻って、初めのページから交換日記を読む。裏移りしているのが笑えた。最後のページはもう見たくなくて、読まずにそれも破った。裏にある梅の花やたい焼きの絵が惜しかったけれど、そのページだけ丸めてゴミにした。

何年か経った頃の私は、この交換日記を見て何を思い出すのだろう。ちゃんと楽しかったことだけを思い出せるだろうか。それとも会えなくなった時間もちゃんとついてきて、中原さんが最後に書いたページを捨てたことを後悔するだろうか。記憶をたしかなものにしたくないとき、操作するのは難しい。それでも私は、破いたあとがついた交換日記を段ボール箱に入れた。段ボール箱をガムテープでしめると、少し気が落ち着いた。視界から消えると考える量も減るのは、良いことだか悪いことだか分からない。今回については良いことだと思うことにした。久しぶりに料理でもしようと立ち上がったけれど、もうフライパンも全部段ボール箱につめているのを思い出した。友だちをご飯に誘おうとスマートフォンを開いた瞬間、インターフォンが鳴った。長い「ぴーん」だった。

荷ほどき

五百ミリペットボトルの緑茶を四口飲むと、とりあえず雑巾がけでもするか！　という気持ちになった。目の前の床がつるつるしていたからかもしれない。からっぽの冷蔵庫にペットボトルをしまい、買ってきたウェットシートを広げて、玄関からリビングまでを往復してみる。小学生のときに比べて俺の足は長くなったし、競争相手もいないから、感覚よりぜんぜん速く進まなかった。でも裸足がフローリングにペタペタつく音は記憶にあるのと同じだった。腹をのぞくようにして両足を見ると、短パンの下の散らかった足毛とでかい膝、分厚い爪が見える。それは完全に大人の足だった。いつから俺はこの足になったんだっけ。思い出せない。玄関からリビングの隅っこまでは片道七メートルくらいあった。二往復もすると俺の雑巾がけ欲は綺麗さっぱりなくなった。ふくらはぎがだるい。

「でもふくらはぎっつーか肩か、意外に」

肩の力を抜いてもう一度やってみると、今度はなかなかスピードが出ないのでリビングに到達する前に飽きてしまった。

「ウェットシートにつける棒みたいなの、買えばよかったたな」

俺は俺に言う。まだカーテンをつけていないから、白い太陽光が全部部屋に入ってきて、これくらいの後悔は簡単に吸いとってくれた。代わりになる棒を探したいけれど、荷物はまだ段ボール箱の中だ。俺はもう一枚ウェットシートを出し、両足で一枚ずつ踏んで歩くことにした。ゆっくり足を前に出さないとシートがよれてしまうから、音楽を聴くことにする。ワイヤレスイヤホンを耳につけ、スマホからヒップホップを流す。曲に合わせて上半身を揺らしながら歩くと、ゆっくり歩くのもかっこよくなった。

「やっ」「やっ」「やー」歌いたいところだけ歌う。

住んでいたマンションが半年前に取り壊されることに決まり、俺は三年ぶりに引っ越しをすることになった。まだ渋谷を離れる理由がなかったから、もう一度渋谷で物件を探し、そこに引っ越した。今度は駅から歩いて二十分かかるところで、最寄り駅は他にある。だから韮子《にらこ》には「ニセ渋」と言われるけれど、俺が渋谷だと思って住むんだからここも渋谷だ。

新しい家はL字形の1SKで、玄関からつづく細長いキッチンの奥に七畳の部屋がある。その部屋を俺はリビングと呼んでいる。リビングの隣にはおまけみたいな書斎があり、物件の決め手となったのがその存在だった。間取りを最初に見たとき、「Sって書斎のSってことね！」と勘違いしたくらい、俺は書斎がある家に憧れていた。書斎にはドアが付いておらず、犬小屋みたいに壁がドア型にくり抜かれている。窓はない。その閉塞感は家の中にテントを張ったみたいだ。二年前に買った、健やかに居眠りができる大きい仕事机と椅子を置けば、親さえずかずかと入って来られないくらいに狭い。けど俺はこういう狭い空間というのが昔から好きで、駅から遠いとか、収納が少ないとかの難点があっても即決した。

ぶぶ、とポケットのスマホが振動する。『横浜《よこはま》でヨッシーと合流したー』という韮子からの連絡だった。

『あいよー』

返信してポケットにスマホをしまってから、今何時だろうと思った。それまでスマホを触っていたくせに時計を見ていなかったとき、ちょっと悔しくてスマホでは時間を確認したくない。電源に繋いでおいたキッチンの炊飯器を見に行くと、炊飯器の表示は13：07だった。ただ俺の炊飯器は十分くらい進んでいるから、本当の時間は一時ちょい前だろう。耳から流れる音楽が好きな曲に変わる。この曲は二番の歌詞が好きだから集中して聴きたい。

「お、蜘蛛」

リビングの白と淡いブルーの壁紙のちょうど中心にいた蜘蛛は、丸まった黒い糸にも見えた。だけど近づくとやっぱり蜘蛛だった。じりじりと壁を歩いている。なんだか◯×クイズの回答を迷っているみたいだった。俺の実家でも蜘蛛はよく出た。母親がけっこう迷信を信じるタイプで、蜘蛛が出るたびにその時間帯で殺すか殺さないかを指示してくれたんだけど、殺しちゃいけないのは朝なのか夜なのか、その肝心なところを俺は覚えられなかった。何回聞いても忘れてしまって、結局毎回生かしている。俺はウェットシートを蜘蛛の前に開く。

「殺菌作用とかないよな?」

ウェットシートを指で触ってにおいを嗅いでみたけど、何かが分かるわけはなかった。近づけると、蜘蛛は恐る恐るシートに乗った。そのままゆっくり一緒に窓際まで行く。梅雨入りしてから一度上がった気温がまた下がって、窓から入ってくる風が気持ちいい。今日は雲が多いものの、隙間から見える空は夏の青さだった。カラスが遠くで鳴いている。窓から蜘蛛を落とす。すぐに見えなくなってしまった。高いところから落としても蜘蛛は死なないことは、一度調べてから忘れたことがない。

蜘蛛がいなくなると、ずっと流れていたはずの音楽が脳に届いた。好きな曲はもうアウトロまでいっていた。曲を頭からもっかい聴くかこのまま次の曲を聴くか迷って、頭に戻すことにした。スマホを触るついでに蜘蛛を生かすのは朝か夜かも調べようと思ったけどやめる。俺は毎回蜘蛛を生かす人間として暮らしていくことにしよう。

（いくことにしよう！）

俺は意味もなく囁き声で叫んでみる。アッパーを打つみたいに右の拳をあげてみる。アッパーを打つには、腰をひねって右肩を入れ込むといい、とボクシングを教える動画の人が言っていた。アッパー、かっこよく打ちてー。俺は洗面所に行って、鏡に向かってアッパーを打ってみた。なんか俺のはへにょっている。

「シュッシュッ」

動画の人を思い出してシャドーボクシングをする。ジャブとストレートはかっこよく打てるようになった気がする。ちょっと本格的に習ってみようかな。俺は近くのボクシングジムを調べようとしたところで、曲が二番に差し掛かったことに気が付いた。

「ややややーややーや、やーやや」

家で一人のとき、俺はすべての歌詞を「や」で歌う。別に意味はない。いつの間にかそうなっていた。

そろそろ二人が来ると思って、リビングに放り投げていたTシャツを着た。すると急に、わざわざ渋谷の俺の家まで荷ほどきをしに来てもらうなんて、わがままな願い過ぎたのではないかと不安になってきた。夕飯はおごる予定だけど、それだけで均整とれんのか？

やっぱり駅まで迎えに行った方がいいかな？　これを機に二人と疎遠になるとか、ないよなあ？

　俺は音がフェードアウトするようにゆっくりとイヤホンを耳から離して、そのまま伸びをした。一人のとき俺は、よくこうやって脳がぐるぐる回る。たいてい時間が余って暇になったときだ。腹がきゅる、と控えめに鳴った。今までもずっと鳴っていたかもしれないくらい、小さな音だった。腹に手を当ててみたとき、ちょうどインターフォンが鳴る。新しいインターフォンは、ピンポーンじゃなくて「ソラシ♪」みたいな三音だった。


「おー、いい家！」菫子は脱いだスニーカーを揃えながら言った。

「感想言うの早くない？」

「だってここさ、ほら、玄関が一段下がってるんだよ。マンションにあんまないよね？」

「おれんちもそうだよ」ヨッシーは菫子を見てから自分の靴が揃っていたかどうか確認する。

「ああそう。え、家具とか入れたのは昨日？」

「ううん。今朝」

「じゃあ今日が記念すべき一日目だ。あ、これお菓子ね。ヨッシーが重い方持ってる」

「さんきゅー」

俺はヨッシーが持っているビニール袋を受け取った。中には二リットルの緑茶とコーラ、カルピスにオレンジジュースも入っていた。韮子の袋にはしみチョココーンとポテトチップス、缶ビールが数本。

「ドリンクバーじゃん」

「紙コップも持ってきたよ。食器すぐに出ないと思って」韮子は「置かせてもらいまあす」と背負っていたリュックを床に下ろすと、中から紙コップを出した。

「すげ、ありがと」

「いえいえ。ちょっと失礼」

韮子はそう言って、青いギンガムチェックのロングスカートを脱ぐ。スカートの下には高校の体操着だった小豆《あずき》色の短パンを穿いていた。俺らの高校は学年ごとに指定の色があって、俺らの代は小豆色だった。上履きの先っちょや校章、体操着の襟首などがすべて小豆色で、他の学年は綺麗な緑色と青色だったから、自分たちの代の色だけぱっとしないよなあ、と当時は嘆いていた。今見ると、落ち着いたいい色をしている。

「着替えっていう発想はなかったな」

「俺んのでよかったら、ジャージ貸すよ」

「おれ、入るかな」

おちょくっているのか本気なのか分からない表情でヨッシーは言った。だから俺も「さあ」とだけ答える。ちなみにヨッシーは「おれ」と前にアクセントをつけて自分を呼ぶ。

「ねえねえ見て、気付いた？　これ高校のときのだよ」韮子が腰に手を当てて言う。

「うん」

「気付いてた」

「あ、そう？　へへ、なんだ」

韮子は恥ずかしそうに笑った。すぐに指摘してあげればよかったな、と頭の隅で思う。コーラを注ぎ、三人で乾杯する。紙コップの区別がつくように、韮子が持ってきた油性ペンで『ヨッシ』、『ニラ』、『モキ』と書き、その横に似顔絵のイラストを簡単に描いた。書く前に「自分で名前書きたい人いる？」と聞いた。韮子はよくどうでもいいところで気を遣う。名前とイラストが書かれた紙コップは花見を思い出させた。実際に花見でそうしたことはない。

「じゃあ私は、この『カーテン・など』の箱から片付けようかな。あ、カーテン他にやりたい人いる？」

「いなーい。ヨッシーはじゃあ、服をお願いします」

「了解」ヨッシーは片手を伸ばして天井に届くかを試みていた。もう片方の手で敬礼ポーズをとる。

「ではお願いしゃす！　なんかあったら言って、洗面所にいるから」

「ねえ、音楽流していい？」

「いいよ、どっかにスピーカー入ってるから、出てきたら使っていいよ」

「おっけえ」

俺は肩をぐるぐる回しながら洗面所に向かった。一人なら段ボール箱を開けるのだって面倒だけど、友だちがいると見栄を張りたくなるのでそれだけでありがたい。洗面所にある二箱を開けて、とりあえず中身を出すことにする。勢いで大量に購入した漂白剤ばかり出てきて、取り出しただけでやる気がなくなった。リビングをのぞくと、窓にはもうカーテンがついている。

「え、すっげ、めっちゃ早いじゃん」

俺はつい作業をとめてリビングに向かった。スピーカーはまだ見つかっていないらしく、スマホから音楽が流れている。高校生のときに流行っていたアーティストの曲。韮子は本棚の前に正座をして棚を拭きながら、音楽にのっていた。

「でしょ。あ、ねえ段ボールにレシートたくさん入ってたけど、どうする?」

菲子が本棚の上にある、ダブルクリップで留まったレシート群を指さした。

「ああ、それはもらうわ」

「レシートとってあるなんて、意外にマメですなあ」

感心するように菲子は言ったけど、俺は生活費を管理するためとか、返品をするときのためにレシートを保管しているわけではなかった。レシートの裏には小さく「白い息の犬」とか「クロスワード」とメモがしてあって、それは俺の記憶の記録だった。

共同生活が終わり人との会話が少なくなると、日常が記憶されにくくなっていることに気付いて、それから俺は忘れたくない出来事があったらレシートの裏に書くようにしていた。レシート自体の内容は、ほとんどが最寄りのコンビニで買う糖質控えめのビール二缶なんだけど、裏を見れば「スーパーの前で飼い主を待っている犬の息が白かったこと」とか、「じいちゃんが新聞のクロスワードを完成させていたこと」とかを思い出せる。日付が印字されていて分かりやすいのがよかった。誰かと住んでいたら、俺はここに書くことをその誰かに話すのだろうか。分からないけど、たぶん話さない。これらは実際見ていないと、人から言われたところで感動できない気がする。

「まあな」だから韮子にも言わなかった。

「見て、これ初めてみんなでプール行ったときにもモキチ着てたよね」ベッドの脇に立っていたヨッシーが、一度畳んだTシャツを開いて言う。

「そうだっけ」

「あっ、その日って花火もしたよね。Tシャツは覚えてないけど」

「俺らと言ったら花火だからな」

実は今日だって俺は花火セットを買ってきていた。みんなが泊まってもいいように、歯ブラシも買ってある。

「たぶん、着てた」

ヨッシーは自分の記憶を確かめるように斜め上を見上げた。韮子はスマホを出し、過去の写真を遡る。

「あっ、プールの写真はなかったけど、違う日の花火はあったよ」

「どれどれ」

そこに写っているのは大学生の俺たちで、全員今より細く、全員ちょっとずつぶれていて、全員変なオシャレをし、何かに笑っていた。スマホの情報によると九年前に撮影されたらしい。

「若いねえ」

ヨッシーはまたTシャツを畳む。衣料品店で働いているから、立ったままでも俺の本気より綺麗だった。韮子はスマホをしまった。九年前の写真は見るだけでお腹いっぱいで、俺らは誰も写真以上の情報を思い出そうとしなかった。

「ねえ、本の並び順とかある？」正座からあぐらに姿勢を変えて、韮子は言った。

「んー、別にない！」

本当は俺の中で一軍の本と二軍の本があるんだけど、そんなことはいくら韮子にでも言えなかった。韮子はかなり小説を読むやつだった。「おっけえ」と俺ではなく段ボールを眺めながら言い、ゆっくり時間をかけて一冊一冊取り出した。俺が今すぐにでも薦めたい漫画、語れる日本文学、挫折したロシア文学、かなり濃厚なシーンがあった恋愛小説、持っているだけで頭がいいと思われそうな昔の小説、捨てるつもりだった自伝的小説、山登りの極意が書かれた本、亡くなったミュージシャンの特集雑誌、なぜか四巻だけ買った漫画。

俺はなんとなくリビングにある段ボール箱を開けながら、ちらちら韮子を見た。本を取り出すごとに韮子は、「おっ」とか「へえ」とか、俺に聞こえるか聞こえないかの声を出した。それらは見事に俺の感覚とずれていて、挫折したロシア文学を満足気に見ているときは、俺に感想を求めないでくれと思ったし、捨てる予定の自伝的小説のあらすじを真剣に読んでいるときは、どうか俺がそれを一軍の小説にしていると勘違いしないでくれと願った。しかし韮子はどの本に対しても一言も感想を言わなかった。ゲーム機が入っている段ボール箱になぜかカーテンを結ぶ紐が入っていて、俺はそれをカーテンにつけてから洗面所に戻った。本棚の上が置き場所であるレシートの束は、とりあえず洗濯機の上に置いた。


「なあ〜、遥まだだけどなんか食わない？」

洗面所の片付けが終わりかけた頃、ヨッシーが伸びをしながら顔を出した。いつの間にか俺のバスケ部のユニフォームを着ている。ヨッシーは大勢で集まると聞き手に回るのに、少人数になるとボケることがある。

俺は形式的に「着てる着てる」と言いながら一緒にリビングに移動して出前サイトを開いた。韮子は「まだ似合うね」とユニフォーム姿を褒めた。

「出前と言ったら蕎麦か寿司か！」

それが大多数の意見だろうと思って言うと、韮子は絶対ピザだと言って、ヨッシーはかつ丼だと言った。

「じゃあ、あみだかな」

「モキチってさ、意見が分かれるとすぐあみだくじ作るよね」

韮子が爪を見ながら言う。夜になりかけた空みたいな青いマニキュアが塗られていた。

「だって他になくない？」

「じゃんけんとか、クイズとか」

「クイズ？」

「超個人クイズだよ」韮子は爪をいじるのをやめた。「ん、じゃあ……いくよ、はい。私が今年の目標に設定して、すでに達成したことは何でしょう！」

「えっ意外とむずいな」

「正解したらどうなるの？」

俺のスマホでかつ丼メニューを見ていたヨッシーも顔をあげる。

「正解した人の好きなものを注文する」

「モキチもおれも正解しなかったら？」

「ピザだよ」

「それ韮子有利じゃない？」

「じゃあ二人もクイズ出題して、正解率が高い人にしよう」

「それはめんどくさいなあ」

「じゃあこの一問だけ。はい、モキチはなんだと思う？」

「ええ、んー、ヒントは？」

「ヒントかあ、ヒント出したら当たりそうだなあ」

「もうちょいさ、分かりそうな問題にしてよ」

ヨッシーが腕を組んで言った。ユニフォームを着ているだけで試合前みたいだった。

「うーん、分かった。ちなみに今の答えは、ハーフマラソンに出る、でした」

「ああ、なんか写真見たな」

「じゃあ～……」

韮子は自分のスマホを取り出して出前サイトを開き、俺の顔をじっと見て「デデン！」とクイズが出題されるような効果音を口にした。俺はこいつのこういうところが好きだったんだよなあ、と高校生時代が懐かしくなった。そんで告白をしたわけでもないのに二回も振られたんだよなあ。

「私がピザの中でも特に食べたいのは何味でしょう！」

韮子は出前サイトの画面を俺たちに見せた。

「このページね？」

「うん」

「やっぱりマルゲリータっしょ！」俺はすぐに言った。どうか外れて韮子の食いたいピザになればいいと思った。ヨッシーは少し悩んでから大葉としらすのピザを選んだ。

「正解は……マルゲリータです！　モキチおめでとう！」

「ええ、やったー？」

「なんで疑問形なの」韮子は笑う。

「いや、ここまで食いたいの聞いてさ、蕎麦か寿司にすんの申し訳ないわ」

「いいんだよ、クイズの結果なんだから」

「そうだよ、おれはもう、蕎麦か寿司しか食べないよ」

ヨッシーも韮子もすっきりした表情で言った。長年友だちをやっていると、その表情だけで申し訳なさは簡単に消える。俺はふざけたように謝って二人に従った。蕎麦か寿司かは脳内あみだで決めようと思った。たしかに俺は、なにかとあみだをする傾向にあるんだな。脳内あみだは名前の通り、俺の脳内であみだくじを作って、誰にも相談せずに脳内であみだをすることだ。だから傍目からだと、ただ悩んでいるだけに見えるんだけど、これをすると自分が本当はどちらを望んでいるかがなんとなく分かるので俺はよくやる。あみだの結果は蕎麦だった。

「お蕎麦食べたら、私帰ろっかな」

「菲子、泊まんないの?」

「うん。……まあうん、帰るよ」

菲子は本棚の上の赤い目覚まし時計を見ながら、申し訳なさそうに唇をすぼめた。まだ六時を少し過ぎたところだった。理由を言わないということは、旦那さんが待っているとかそういうことだろう。最近覚えた事例。

「旦那さんは今日家にいるの?」ヨッシーはユニフォームを脱ぎながら言った。

「ううん、仕事。でも九時には帰ってくる。ってか、え、ヨッシーは? 結婚しないの?」

「どうかな。まあ、するなら今の子だよ」

「わお!」

「いいねえ!」

俺も相槌を打つ。打ちながら、俺にターンが回ってこないように願った。俺たちは少し前にやっと「時間ができたらとりあえず仕事の話を聞いとく」みたいな時間が終わったのに、最近はテーマを「結婚」に変えてまたその時間が生まれるようになった。まあ同じ学校で同じ授業を受けて、同じように歳を重ねているわけだから、その後の変化を言いたい・聞きたいってのは仕方ない気もするけれど。

　韮子はプロポーズの話など一通り質問し終えると、「モキチはどうなの？　好きな人いる？」ときらきらした目でこっちを見た。

「まあまあ、俺の話は。ね」俺は明るく切り抜けられるようにグーサインを出す。

「なんでよ。結婚願望ないの？」

「そうねえ」

　結婚願望っていうのは、俺的には恋人がいるときのみに発生する願望だと思っていて、相手はいないけどいずれは結婚したいと思うのが結婚願望だと言うのなら、俺にはなかった。だけど二人の前で「ない」ときっぱり答えるのは申し訳ない気もした。

「まあ、引っ越ししたばっかだしな」代わりにそう答える。

「住もうと思えば二人でも住めそうじゃない？　サービスルームもあるし」

「うーん」

　俺は書斎を見ながら、二人が傷つかない範囲で自分の意見が言えないかと探った。たぶんこういう作業の連続だと思うから、そこまで結婚に積極的になれないのだと思う。限られた時間だけ一緒にいる友だちに気を回すくらいまったく問題ないけれど、それが半永久的に、しかも日常生活の中で取り繕ったり申し訳ないと感じたりするとなると、あまり魅力を感じない。

「今はここを良い感じの部屋にする方が先かな」

「そっか」

「それもいいよね」

「でも誰かと住むのもいいよ、手繋いで歩くみたいな感じで。一人で歩くよりは大変かもだけど、さ」韮子は言いながら恥ずかしくなったようで、照れ隠しをするように「蕎麦、来ないね」と窓に近づいた。その瞬間に「ソラシ♪」が鳴る。

「来た！」

韮子は枕元にプレゼントがあった子どもみたいにはしゃいだ。ヨッシーはみんなの紙コップをゆすいでからビールを注ぐ。新しい紙コップを使えばいいのにと思ったけれど、そういえばコップにはイラストが書いてあるんだった。

家には椅子が二脚しかなかったから、俺は段ボールを重ねてそこに座ろうとしたけれど、ヨッシーが「半分ずつ座ろう」と提案してくれたのでお言葉に甘えた。韮子は肩幅の広い大人が二人で椅子に座っているのが面白いらしく、俺らを写真に撮った。そのツーショットは九年前の花火の写真と同じフォルダに入るわけで、いつかこの写真も見るだけでお腹がいっぱいになる日が来ると思うと、俺もまだまだ若いなと思った。蕎麦は全員天ざるだった。一本一本麺が長くてもちもちでうまかった。

「うまいな」

俺が言うと、ヨッシーも同じテンションで繰り返した。韮子が少ししてから「私、『蕎麦』って漢字で書けるよ」と言い出したので、レシートの裏にみんなで書くことになった。韮子は『蕎』が書けるのに『麦』をど忘れして、俺は『麦』だけ書けた。ヨッシーは『傍』と書いた。俺はまた形式的に「こらこら」と言ったけど、自分では『傍』を書けなかったかもしれないと思った。

食べ終わると、韮子は桶を洗うついでに食器類の整理を少ししてくれた。それから一度も座ることなく、青いギンガムチェックのロングスカートを穿いた。花火を買ったから、遙が来るまで待てないかと俺はお願いしたけれど、韮子は「花火かあ、もうそんな季節だ。私の分も楽しんで」と悩む間もなく言い放って、部屋を出ていった。

「もし遙来なかったら、おれも帰ろうかなあ」

ヨッシーはアニメを観る子どもみたいに、テレビから少し離れた何もない床に座って野球を観ていた。

「あ、そう？」

俺は言いつつ、ヨッシーがそう言うのも分かった。俺とヨッシーは二人きりで会う仲ではなく、かと言って変なメンツだと笑うことはできないような間柄だった。集まりにヨッシーが来ないと寂しいけれど、たとえば六人で祭りに行って、手分けして食べ物を買いに行くとなったとき、ヨッシーと二人になると若干緊張する。話題があるのかとか、ヨッシーは俺といて気まずくないのかと考えてしまう。でも俺はヨッシーが好きだ。たぶんヨッシーも俺のことが好きだ。

「何時頃に着くか、もっかい連絡してみる」

「うん」テレビから目線を離さずにヨッシーは言う。いつの間にか満塁になっていた。ヨッシーは蛇みたいに体勢を低くしたから、もしかすると今投げている方のチームを応援しているのかもしれない。俺は残りの食器を片付けることにした。

「よし、おれもやろ」

「ヨッシー気にせず、野球観てて良いよ」

「大丈夫、野球は明日もあるから」

「すまんね」

韮子は小皿と急須だけを片付けてくれていた。なんでこれだけやってってくれたんだろうねと二人で軽く笑った。俺が皿をくるんだ紙をはがし、ヨッシーがそれを食器棚に入れる。食器棚はシンクの上にあった。三段ある棚の一番上の奥までヨッシーは手が届く。

「ねえ見て、鶴」

ヨッシーが二段目の棚から折鶴を出した。皿をくるんでいる紙で折ったらしく、羽はしわしわだった。「韮子、折るの下手だね」ヨッシーの手に乗った鶴は、たしかに嘴も羽も角がずれている。

「俺のがうまいな」

折り始めると、ヨッシーもしゃがんで落ちている紙を拾って手で伸ばした。紙は一度丸めてから皿をくるんでいたから、手で伸ばしても変わらず波打っていた。完成した鶴を並べてみると、韮子が一番うまかった。一番下手なのは俺だったけど、ヨッシーと二人でも楽しく過ごせていることが嬉しくて、鶴の完成度はどうでもよかった。

「一番上に三羽並べとくね。捨てないでよ」ヨッシーはふざけたように言ったけれど、俺は本当に捨てないだろうと思った。

スマホが鳴る。俺のだった。ガスコンロの上に置いていたから、バイブ音が踏切を通る電車みたいに大きくて、俺もヨッシーも反射的に声を出した。

「あっ、遙だ」

「モキチ、コンロにスマホ置くのやめなね」

「テレビ電話だ。鶴に相手させよう」

俺はスマホを立てかけて、棚にあった鶴を一羽とってスマホの前に置いた。画面の向こうの遙は頭を下げ、両手を合わせて机に座っている。ホワイトボードが隅に見えるから授業が終わった後の教室なんだろう。真っ白い壁に日本地図が貼ってある。「なんだよ」「どこにいんの」「酒買ってきてほしい」と俺たちが言うあいだも遙は姿勢を変えず、うめき声をあげるみたいに低く『行けなくなってしまった』と言った。

「はあ？　なんで」

『ごめん、僕のミスなんだ』

「だから、なんでよ」

遙は顔を上げると、光を当てられてもないのに眩しそうな顔をした。『今日は泊まれないんだ、だから行っても終電で帰るから、一時間半くらいしかいられない。え、あれ、ん、鶴だ』

「なんで泊まれないの」

『……恋人に今日のこと、言い忘れた』

「今から言えばいいっしょ」

『うちはだめなんだ……、今から言うんじゃ遅いんだ』遥は申し訳ない顔に、本音を言った安堵を少しだけ滲ませた。もうこうなると、こいつは本当に来ない。

「花火もあるんだぜ?」

『花火いいな、夏だな。やりたい。僕の分もみんなで楽しんで』

「お前もそれ言うのかよ」

『誰かも言ったの?』

「韮子。さっき帰った」

『じゃあ今二人?』

「そ」

『ごめんよヨッシー。ヨッシーの顔が見たいな、鶴じゃなくて』

「一時間でいいから来いよ」

『……引っ越し祝い、奮発するわ』遥はまた眩しそうな顔をすると、胸の前で控えめに片手を振った。俺たちも鶴の後ろから顔を出して手を振る。通話が終了する。

「すまんヨッシー、今日どうする?」

「モキチって、何考えてるかすぐ分かるからいいよね」

「え、そう？　そうでもないよ？」

「今の電話の表情だけでも、喜んだり悲しんだりが分かっておもしろかったよ」

「ふうん？　――ま、とりあえず花火すっか」

「だね。しよ」

食器棚の片付けを切り上げて、手持ち花火とライター、鍋、財布を持って公園に向かう。鍋はもともと防災ヘルメット代わりに買った百円のものだった。昨日の雨で濡れた地面はすっかり乾いていたけれど、空気は蒸していた。道を曲がったときにさっと吹いた風が気持ちよくて、それをヨッシーに言おうかと思ったけれど、柵がある歩道を一列で歩いていたのでやめた。柵がなくなった後、俺はヨッシーと何を話せばいいだろうと思っていると、「なんかさ」と後ろから声が聞こえた。

「ん？」

「みんな、大人になったよね」

俺は軽く振り返ったけれど、ヨッシーは下を向いていて表情は見えなかった。

「大人？」

柵がなくなる。俺は歩を緩めて横に並んだ。ヨッシーは俺を見てにこっとして、また下を向く。

「時間の使い方が大人になったっていうか。花火もさ、バスケ部は花火をするとなったら絶対テンションが上がるグループだと思ってたんだよ、心のどこかで。何歳になっても花火を取り出したらみんな騒ぐと思ってたんだ。笑えるっしょ」

「ああ、そういうことか」

「うん」

「ぜんぜん、ぜんぜん笑えないよ」

それから公園まで無言で歩いた。気まずさなんてなかった。たぶん俺もヨッシーも、同じテーマで考えごとをしていたからだと思う。たしかに俺も言語化しなかっただけで、二人に花火を断られたときは二回ともちゃんと寂しかった。でももうその類《たぐい》の寂しさには麻《ま》痺《ひ》していた。

とっくに学生期間が終わって、大人になることに騒ぐ期間も終わって、俺らは確実に歳を重ねていた。俺はそれに対して悲観的な思いはなかったし、自分自身が歳をとることについては様々な予想をしていた。油もんが食えなくなるんだろうなーとか筋力が落ちるんだろうなーみたいな身体的なことも、自分が何にストレスを感じるんだかとか何を幸せに感じるかみたいな精神的なことも、ずっと俺は俺について考えてきた。その上で、友だちといるときは身体が衰えてもはしゃぎ続けたいと思ったし、歳をとっても高頻度で友だちと遊びに行っていろんな話をしたいと思ってきた。

だけど、もちろんそうは思わない友だちもいるのだ。歳をとったらはしゃがずに友だちと過ごしたいやつもいるだろうし、歳をとったらまた別のコミュニティができるから、学生時代の友だちと会う頻度が減るのは仕方ないと思うやつもいる。それは不仲とはまったく関係ないところで成立するのだ。そうやって友だちも歳をとるということを、俺はまったく考えてこなかった。みんなも俺と同じように、「歳をとっても友だちとはしゃいで遊ぶのが幸福」なんだと思っていた。

公園に到着する。テニスコート一面分くらいの小さな公園には遊具はなく、街灯が一つと、手洗い場、自販機、つるつるした腰掛け用の円筒《えんとう》が三つあるだけだった。俺は街灯の下で手持ち花火の袋を開く。花火は種類ごとにセロハンテープで厚紙に張り付けてあった。無理やり自分の分の一本を剝ぎとる。

「俺は『緑の炎!!』にするわ。ヨッシーは?」

「じゃあ、『煙が少ない!』ってやつ」

「おっけ」

ライターの火をつける。煙草はとっくの昔にやめたけど、ライターを捨てるのが面倒でそのままとってあった。手をかけてからまだ使えるか不安になったけど、弱々しく火はついた。先端から花火が出ると思うと、どの向きからつければいいか分からなくなる。

「お、おわ、これけっこう怖っ、おお！」

ヨッシーの花火に火がつく。花火は一本でも存在感はあったけれど、二人で見る一本はかえって孤独を増幅させた。俺の花火にも火をわけてもらう。たしかに俺のからは緑の炎が出た。ばちばちと音がする。

「これどんどんやんないと、火、すぐ消えんじゃない？」

「たしかに。あれ、モキチ、セロテープどうやってとった？」ヨッシーは花火を持ちながら言った。片手ではうまく剝がせないくらい、花火と厚紙はしっかり固定されている。

「ちょ、じゃあ俺の消えるの待って、一回仕切り直そう」

水を張った鍋に花火を入れると、じゅっと音がした。意外にこれで花火をやってる感が出たりするよな。とヨッシーに言うと、「そうかな？」とヨッシーは笑った。すべての花火をセロハンテープから剝がす。ヨッシーは片手に三本ずつ挟んで持った。その一つにライターを近づける。さっきの気持ちよかった風が、火を揺らしてうまく花火につかない。ヨッシーは一度ライター役を代わると言ったけれど、煙草を吸ったことがないヨッシーはうまくライターをつけることができなかった。俺に変わる。花火に火がつく。

「あっち！」

「やらせてごめん！」

「ぜんぜん！」

俺は急いでヨッシーの右側に立ち、三変色花火から火をもらった。それから左に回って、ヨッシーの中指と薬指の間に挟まっている花火に火をうつした。煙が顔にかかる。咳きこみながら、ヨッシーは自分で左手の花火に火を回す。花火のときって少し声大きくなるな。と言うとヨッシーはまた「そうかな？」と言った。その声が少し大きいのに気付いてヨッシーも笑った。

「今のペースだと花火を愛でられないで終わりそうだな」

「たしかに。焦らずやろっか」

「二本まとめて火つけて、パワーアップさせよ」

「モキチそれ毎回やるよね」

「そうだっけ？」

公園には誰も入ってこなかった。通りがかった人は全員覗くようにこちらを見たけれど、騒いでないからか、俺らというより花火の火を見て通り過ぎていった。

「来年はみんなでできるかな」

ヨッシーが思い出話をするようにしんみりと言う。花火も七本目になるといちいち感想を抱かなくなり、ゆっくり会話ができるようになる。

「な。ヨッシーが来れなかったりして」

「そうなりたくないな、わがままかな」

「どうだろ。でも俺も、ヨッシーに言われて考えたよ、みんな大人になったってこと」

「ああ、うん」

「先に友だちが大人になると、寂しいな」

「うん」

ヨッシーの火が消え、急いで俺の持つ花火から火をもらう。赤い炎が出た。

「おれも同棲とか結婚したら、花火がやりたくても家庭を優先しないといけないのかな」

「それだけ聞くと、そりゃ花火より家庭が優先だろって思うな」俺が笑って言うと、ヨッシーもふはっと笑った。

「たしかに、絶対花火を優先するおれが悪いよね」

二人の花火が一緒に消える。一旦休憩することにして、自販機で缶のソーダを二本買った。缶を開けるプシュッという音が冷ややかに公園に響く。喉が渇いていたらしいヨッシーは一気に半分飲んだ。それから長い一息をついて、残りの半分を飲み干した。

曇っているからか渋谷だからか、空に星は一つも見えなかった。俺は意味もなくしゃがんで砂に星マークを描いてみる。

「友だちと会えなくなるから、趣味仲間とかが増えんのかな。あとは行きつけの場所を見つけて入り浸ったりさ」

「やっぱ会えなくなるのかな」ヨッシーは隣にしゃがんで言った。何かを描き始める。三角の身体をした猫だった。

「分かんない。また会える日々が来るかもしれないけど、一旦は会えなくなんのかも」

確信めいたことは一つも言えない。それは大学を卒業する間際の会話に似ていた。ということは、社会人になってもなんやかんやで生活できているように、新しい寂しさにもだんだん慣れていくんだろう。

俺はヨッシーが描いた猫の家を描く。ヨッシーは猫の家族をどんどん増やしていくから、そのたびに俺も家を増築させていく。

「おれ、趣味ってないかも。手持ち花火が趣味の人と花火してもつまんなそうだよね」

「でも、火つけるのすごくうまいかもよ」

「たしかに」

「ぜんぜん消えない持ち方とかも知ってるかも」

「二本まとめて火つけるのは御法度《ごはっと》かもね」

「先輩はいいけど、新人はね」

「ふふ、うん」

「残りもやっちゃうか」

「うん」

俺はいつの間にか膝裏に汗をかいていて、立ち上がるとそこだけ涼しくなった。俺たちに手持ち花火のルールはないから、三本を束にしてまとめて火をつけた。煙の臭いが濃くなり、ヨッシーはまた咳きこむ。最後にとっておいた線香花火は決め事でもないのに二人とも一本ずつ持った。線香花火は何回やってもどちらの先端に火をつければいいか分からなくて、一本目は間違えてしまった。ヨッシーはそれについて何も言わなかった。火がつくと、耳が音に集中したくなっているのを感じる。短い時間しか聞けない音だってことを、身体が覚えているのかもしれない。むにむにと形を変える火は美しかった。線香花火を趣味とする仲間の集まりだったら、行ってみたい気がする。

ヨッシーは、帰りたくなくなったから泊まると言った。コンビニで歯ブラシを買おうとしたので、もう家にあると伝える。「いつまでも部長してくれてありがとうね」とヨッシーは微笑んだ。せっかくコンビニに入ったので夜食用のカップ麺と朝飯の材料を買った。

「モキチって、韮子に告白したことあんだっけ？」

柵に入って一列になるとヨッシーは言った。顔を見なくてもにやにやしていることが声で伝わってくる。

「なんで今聞くんだよ、せめて寝る前とかだろ」

「おれすぐ寝るもん。付き合ったことはないよね？」

「あるわけないだろ、告白してもないのに、『モキチとは暮らせるけど、手を繋ぐのも無理』って言われたんだから」

「ははっ、辛辣」

「『俺もだわ』なんつってたけど、高校んときは抱かれたいって思ってたな」

「そこ受け身なんだ」

家に着いてBSをつけると、野球は二対一で終わっていた。ヨッシーが応援しているチーム（だと俺が思っている方）が負けていた。ヨッシーはすぐにチャンネルを替えたので、たぶん当たっている。

俺たちは順番にシャワーを浴び、いつもは観ないバラエティ番組を横目にだらだらとカップ麺を食べた。ヨッシーは言っていた通り、ベッドに横になるとすぐ寝た。ヨッシーのいびきを聞くのは初めてだったけれど、明日には忘れてしまうだろう小さないびきだった。俺はいつまでも寝袋の中で身体の向きを決めかねていた。こういうイベントで友だちと一緒に寝るとき、俺はいつだって先に寝られない。諦めて寝袋を出て、水を飲みにキッチンに立つ。今日、なんだかんだ楽しかったな。なんだかんだって言うとヨッシーに失礼だけど、でもヨッシーもそう思っている気がする。これを機に俺たちが二人で遊ぶようになるわけじゃないんだろうけど、今日という日があってよかった。俺は書斎に入って、仕事中の居眠りだと仮定して机に伏せてみた。机は固く、部屋はまだ公共の施設のように冷たい匂いがして、会社の会議室のようだった。俺は会社の会議室の隅にある植物の形を思い出そうとしながら眠りについた。

次の日もヨッシーは食器の荷ほどきをしてくれた。そのあいだに俺は朝飯用に目玉焼きを焼いた。食わせる相手がいると思うと、というか横でヨッシーが作業しながらちらちら見てくるから、いつもより上手く焼けなかった。でもヨッシーは「うまいねえ」と褒めながら食べてくれた。使った食器はヨッシーが洗った。俺が何もしないわけにいかないと思って、隣で洗った皿を拭いた。ときどきヨッシーは泡がついた皿を水切りカゴに置いた。

それを指摘すると、「ごめん、モキチが隣にいるから謎に緊張した」とヨッシーは照れた。

「分かる」と俺は賛同した。俺も作っているときに、正直に言い訳すればよかったなと思った。

ヨッシーは昼前に帰っていった。部屋が綺麗なのが嬉しくて、俺はカーペットの上に大の字に寝転がった。伸びをして、ブリッジもする。リビングの隅ではサーキュレーターが向きを変えながら回っていて、俺にも風が当たった。弱い風量でも表面の体温をさっと拭ってくれる気持ちのいい風だった。

「う、うぁ〜」

俺は声を出してもう一度伸びをする。ヨッシーがいたときは、もう一泊すればいいのにと思ったけど、一人になるとずっと被っていた帽子を脱いだような爽快感があった。ちゃんと友だちと楽しく過ごせた安堵と充足感もあった。出先で友だちと解散しても似たような気持ちにはなるけれど、スマホや街の情報に目が奪われて、いつの間にかこの気持ちはなくなってしまう。今はまだ部屋全体にぼんやりとある。長い小説を読み終えてぱたんと本を閉じたときみたいに、温かい疲労と一緒に残っている。

「オレンジジュース、飲んじゃおっかな」

俺は立ち上がった。友だちが置いていったオレンジジュースは小さなボーナスのようだった。好きなだけコップについで、飲みながら部屋を見渡す。新しい家に水道や電気が通り物も並ぶと、ペットが懐いたみたいで嬉しい。

昨日の成果を確かめるため食器棚を開ける。三羽の鶴がみんな下手っぴで笑えた。でもしばらく鶴と食器を見ていると、果たしてヨッシーと韮子は本当に楽しかっただろうかと疑問に思えてきた。それをきっかけに、いろいろな不安が浮かんでくる。作業させすぎて二人は嫌になってないだろうか。結婚願望のことを聞かれたとき、俺はもっといい感じに答えられなかっただろうか。勝手に花火を買っておいてよかっただろうか。

ああ、一人のときの俺だなあ、と思う。おかえり、一人のときの俺。

ヨッシーに「何考えてるかすぐ分かる」と言われてつい否定してしまったのは、俺がこの「一人のときの俺」を気に入っている証拠なのかもしれない。

学生時代や遥たちと暮らしていたときは、俺はほとんどの時間を「人前の俺」で過ごした。その性格は割と明るくて、おそらく複雑に考えごとをするタイプには見えない。今だって人前に出ればその性格に戻る。だからヨッシーが指摘したことは正しい。正しいというか、ヨッシーに俺はそう見えている。

だけど一人暮らしを始めてから、俺は「一人のときの俺」の存在も自覚するようになった。一人、というのは街や会社で単独行動をすることではなく、その空間に完全に一人ということだ。「一人のときの俺」は考えごとが多いしネガティブになりがちだった。初めは自分の性格が丸ごと変わったのかと思って恐ろしくなったけど、人前に出ればその俺はいなくなった。自分の前にしか出てこない俺を、俺は嫌いになれなかった。それどころかだんだん気に入ってきた。考えごとが多いことも、思慮深いのだと言い換えた。そしていつの間にか、ヨッシーにも知ってほしいくらい好きになっていた。だからつい否定してしまったのだ。ヨッシーの前でその俺を出すことはできないのに。

「シュッシュッ」

シャドーボクシングをしながら洗面所に向かい、鏡の前に立つ。「一人のときの俺」の存在は、これからも誰にも伝わらない。よく一人のときと同じテンションで、自分の考えを友だちや同僚に説明する妄想をするけれど、実践はいつだってできなかった。たぶん一生できない。それはちょっとだけ悔しく、ちょっとだけ寂しい。

「シュッ」

まあでも、俺の中にぐるぐる考えた形跡は残るんだから、それで十分なのかもしれない。これからもずっと一緒に生きていく俺が、好きになってんならそれで。

右アッパーを打つ。昨日より上手く見える。これは、コツ摑んだか？

「シュッ、おっ、ほっ」いい感じ！

脱いだTシャツを洗濯機の上に置こうとすると、レシートの束が目に入った。俺はポケットに入れておいた蕎麦のレシートの存在を思い出した。それはヨッシーと韮子がすでに忘れたかもしれないやりとりが、たしかに存在した証拠だった。俺は蕎麦のレシートを束に加えて、何年も後にこのレシートを二人に見せる場面を妄想した。俺は得意気に保存していたことをぺらぺら話し、二人はとてもいいリアクションをした。一通り妄想してから、なんてね、と思う。鏡に映る顔はにやけていた。

本書は書き下ろしです。

今日のかたすみ

2023年12月11日　第1刷発行

著者　川上佐都（かわかみ・さと）
発行者　千葉　均
編集　柏熊ゆり
発行所　株式会社ポプラ社
〒102-8519　東京都千代田区麹町4-2-6
一般書ホームページ　www.webasta.jp
校閲　株式会社鷗来堂
印刷・製本　中央精版印刷株式会社

N.D.C.913/266P/19cm/ISBN978-4-591-17990-1

P8008443

川上佐都（かわかみ・さと）
1993年生まれ。神奈川県鎌倉市出身。
『街に躍ねる』で第11回ポプラ社小説新人賞特別賞を受賞しデビュー。

街に躍ねる

川上佐都

小学生五年生の晶と高校生の達は、仲良しな兄弟。物知りで絵が上手く、面白いことを沢山教えてくれる達は、晶にとって誰よりも尊敬できる最高の兄ちゃんだ。でもそんな兄ちゃんは、他の人から見ると「普通じゃない」らしい――。第11回ポプラ社小説新人賞〈特別賞〉受賞作。

〈単行本〉